COLLECTION FOLIO

J. M. G. Le Clézio

Onitsha

Gallimard

© *Éditions Gallimard, 1991.*

J. M. G. Le Clézio est né à Nice le 13 avril 1940 ; il est originaire d'une famille de Bretagne émigrée à l'île Maurice au XVIIIᵉ siècle. Il a poursuivi des études au Collège littéraire universitaire de Nice et est docteur ès lettres.

Malgré de nombreux ouvrages, J. M. G. Le Clézio n'a jamais cessé d'écrire depuis l'âge de sept ou huit ans : poèmes, contes, récits, nouvelles, dont aucun n'avait été publié avant *Le procès-verbal*, son premier roman paru en septembre 1963 et qui obtint le prix Renaudot. Son œuvre compte aujourd'hui une trentaine de volumes. En 1980, il a reçu le Grand Prix Paul-Morand décerné par l'académie française pour son roman, *Désert*. Prix Jean Giono pour l'ensemble de son œuvre.

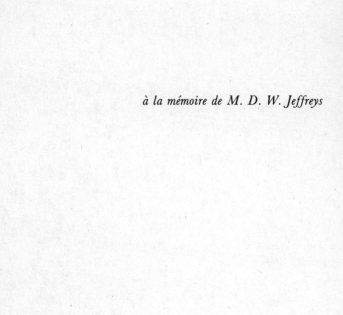

à la mémoire de M. D. W. Jeffreys

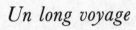

Un long voyage

Le *Sarabaya*, un navire de cinq mille trois cents tonneaux, déjà vieux, de la Holland Africa Line, venait de quitter les eaux sales de l'estuaire de la Gironde et faisait route vers la côte ouest de l'Afrique, et Fintan regardait sa mère comme si c'était pour la première fois. Peut-être qu'il n'avait jamais senti auparavant à quel point elle était jeune, proche de lui, comme la sœur qu'il n'avait jamais eue. Non pas vraiment belle, mais si vivante, si forte. C'était la fin de l'après-midi, la lumière du soleil éclairait les cheveux foncés aux reflets dorés, la ligne du profil, le front haut et bombé formant un angle abrupt avec le nez, le contour des lèvres, le menton. Il y avait un duvet transparent sur sa peau, comme sur un fruit. Il la regardait, il aimait son visage.

Quand il avait eu dix ans, Fintan avait décidé qu'il n'appellerait plus sa mère autrement que par son petit nom. Elle s'appelait Maria Luisa, mais on disait : Maou. C'était Fintan, quand il était bébé, il ne savait pas prononcer son nom, et ça lui était resté. Il avait pris sa mère par la main, il l'avait regardée bien droit, il avait décidé : « A partir d'aujourd'hui, je t'appellerai Maou. » Il avait l'air si sérieux qu'elle était restée un moment sans répondre, puis elle avait éclaté de rire, un de ces fous rires qui la prenaient quelquefois, auxquels elle ne pouvait pas résister. Fintan avait ri lui aussi, et c'est comme cela que l'accord avait été scellé.

Le buste appuyé sur le bois de la lisse, Maou regardait le sillage du navire, et Fintan la regardait. C'était la fin du dimanche 14 mars 1948, Fintan n'oublierait jamais cette date. Le ciel et la mer étaient d'un bleu intense, presque violet. L'air était immobile, c'est-à-dire que le navire devait avancer à la même vitesse. Quelques mouettes volaient lourdement au-dessus du pont arrière, s'approchant et s'écartant du mât où le pavillon à trois bandes s'agitait comme un vieux linge. De temps en temps, elles glissaient sur le côté en criant, et leurs geignements faisaient une drôle de musique avec les trépidations des hélices.

Fintan regardait sa mère, il écoutait avec une attention presque douloureuse tous les bruits, les cris des mouettes, il sentait le glissement des vagues qui remontaient et appuyaient longuement sur la proue, soulevaient la coque dans le genre d'une respiration.

C'était la première fois. Il regardait le visage de Maou, à sa gauche, devenant peu à peu un pur profil contre l'éclat du ciel et de la mer. Il pensait que c'était cela, c'était la première fois. Et, en même temps, il ne pouvait pas comprendre pourquoi, cela serrait sa gorge et faisait battre son cœur plus fort, et mettait des larmes dans ses yeux, parce que c'était aussi la dernière fois. Ils s'en allaient, jamais plus rien ne serait comme autrefois. Au bout du sillage blanc, la bande de terre s'effaçait. La boue de l'estuaire tout d'un coup avait laissé apparaître le bleu profond de la mer. Les langues de sable hérissées de roseaux, où les huttes des pêcheurs paraissaient des jouets, et toutes ces formes étranges des rivages, tours, balises, nasses, carrières, blockhaus, tout s'était perdu dans le mouvement de la mer, s'était noyé dans la marée.

A la proue du navire, le disque du soleil descendait vers l'horizon.

« Viens voir le rayon vert. » Maou serrait Fintan contre elle, il croyait sentir son cœur battre dans sa poitrine à travers l'épaisseur du manteau. Sur le pont des premières, à l'avant, les gens applaudissaient, riaient à on ne savait quoi. Les marins rouge vif couraient entre les passagers, portaient des cordages, arrimaient la coupée.

Fintan découvrait qu'ils n'étaient pas seuls. Il y avait des gens partout. Ils allaient et venaient sans cesse entre le pont et les cabines, l'air affairé. Ils se penchaient sur le bastingage, ils cherchaient à voir, ils s'interpellaient, ils avaient des jumelles, des longues-vues. Ils avaient des pardessus gris, des chapeaux, des foulards. Ils bousculaient, ils parlaient fort, ils fumaient des cigarettes détaxées. Fintan voulait voir encore une fois le profil de Maou comme une ombre sur la lumière du ciel. Mais elle aussi lui parlait, elle avait des yeux brillants : « Tu es bien ? Tu as froid ? Tu veux qu'on descende dans la cabine, tu veux te reposer un peu avant le dîner ? »

Fintan s'accrochait à la lisse. Ses yeux étaient secs et brûlants comme des cailloux. Il voulait voir. Il ne voulait pas oublier cet instant, quand le bateau entrait dans la mer profonde, se séparait de la bande de terre lointaine, et la France disparaissait dans le bleu sombre de la houle, ces terres, ces villes, ces maisons, ces visages immergés, hachés dans le sillage, tandis qu'à la proue, devant les silhouettes des passagers de première posées sur la lisse comme des oiseaux hirsutes, avec leurs cris geignards et leurs rires, et le grondement bien tempéré des machines dans le ventre du *Surabaya*, émietté sur le dos fuyant des vagues, tout sonore et figé dans l'air immobile comme les parcelles d'un rêve, tandis qu'à la proue, au point où le ciel tombe à la mer, comme un doigt entrant par les pupilles et touchant le fond de la tête, éclatait le rayon vert !

La nuit, cette première nuit en mer, Fintan ne pouvait pas dormir. Il ne bougeait pas, il retenait sa respiration, pour entendre le souffle régulier de Maou, malgré les vibrations et les craquements des membrures. La fatigue brûlait son dos, les heures d'attente à Bordeaux, sur le quai, dans le vent froid. Le voyage en chemin de fer depuis Marseille. Et puis toutes ces journées qui avaient précédé le départ, les adieux, les larmes, la voix de grand-mère Aurelia qui racontait mille histoires drôles pour ne pas penser à ce qui arrivait. L'arrachement, le trou laissé dans la mémoire. « Ne pleure pas *bellino*, et si j'allais te voir là-bas ? » Le lent mouvement de la houle lui serrait la poitrine et la tête, c'était un mouvement qui vous prenait et vous emportait, un mouvement qui vous étreignait et vous faisait oublier, comme une douleur, comme un ennui. Dans la couchette étroite, Fintan serrait les bras contre son corps, il laissait le mouvement le rouler sur sa hanche. Il tombait, peut-être, comme autrefois pendant la guerre, il glissait en arrière, vers l'autre côté du monde. « Qu'est-ce qu'il y a là-bas ? Là-bas ? » Il entendait la voix de sa tante Rosa : « Qu'est-ce qu'il y a de si bien là-bas ? Est-ce qu'on n'y meurt pas ? » Il cherchait à voir, après le rayon vert, après le ciel tombant sur la mer. « Il était une fois, un pays où on arrivait après un long voyage, un pays où on arrivait quand on avait tout oublié, quand on ne savait même plus qui on était... »

La voix de grand-mère Aurelia résonnait encore sur la mer. Dans le creux dur de la couchette, avec la vibration des machines dans son corps, Fintan écoutait la voix qui parlait toute seule, qui cherchait à retenir le fil de l'autre vie. Déjà il avait mal d'oublier. « Je le déteste, je le déteste. Je ne veux pas partir, je ne veux pas aller là-bas. Je le déteste, il n'est pas mon père ! » Les membrures du bateau craquaient à chaque vague. Fintan essayait d'entendre la respiration tranquille de sa mère. Il chuchotait fort : « Maou ! Maou ! » Et comme elle ne répondait pas, il se glissait hors de la couchette. La cabine était éclairée par un jour au-dessus de la porte, six fentes verticales. Il y avait une ampoule électrique juste de l'autre côté, dans le couloir. Tandis qu'il se déplaçait, il voyait le filament briller à travers chaque fente. C'était une cabine intérieure, sans hublot, ils n'avaient pas les moyens. L'air était gris, étouffant et humide. Les yeux grands ouverts, Fintan cherchait à voir la silhouette de sa mère, endormie sur l'autre couchette, emportée, elle aussi, à l'envers sur l'océan en mouvement. Les membrures craquaient dans le travail de la houle, qui poussait, retenait, poussait encore.

Fintan avait les yeux pleins de larmes, sans trop savoir pourquoi. Il avait mal au centre de son corps, là où la mémoire se défaisait, s'effaçait.

« Je ne veux pas aller en Afrique. » Il n'avait jamais dit cela à Maou, ni à grand-mère Aurelia, ni à personne. Au contraire, il l'avait voulu très fort, ça l'avait brûlé, il ne pouvait plus dormir, à Marseille, dans le petit appartement de grand-mère Aurelia. Ça l'avait brûlé et enfiévré, dans le train qui roulait vers Bordeaux. Il ne voulait plus entendre de voix, ni voir de visages. Il fallait fermer ses yeux, boucher ses oreilles, pour que tout soit facile. Il voulait être quelqu'un d'autre, quelqu'un de fort, qui ne parle pas, qui ne pleure pas, qui n'a pas le cœur qui bat ni le ventre qui fait mal.

Il parlerait anglais, il aurait deux rides verticales entre les sourcils, comme un homme, et Maou ne serait plus sa mère. L'homme qui attendait, là-bas, au bout du voyage, ne serait *jamais* son père. C'était un homme inconnu, qui avait écrit des lettres pour qu'on vienne le rejoindre en Afrique. C'était un homme sans femme et sans enfant, un homme qu'on ne connaissait pas, qu'on n'avait jamais vu, alors pourquoi attendait-il ? Il avait un nom, un beau nom, c'est vrai, il s'appelait

Geoffroy Allen. Mais quand on arriverait là-bas, à l'autre bout du voyage, on passerait très vite, sur le quai, et lui ne verrait rien, ne reconnaîtrait personne, il n'aurait plus qu'à rentrer chez lui bredouille.

Sur le pont, dans la nuit, le vent s'était mis à souffler. Le vent de l'océan sifflait sous les portes, giflait le visage. Fintan marchait contre le vent, vers la proue. Les larmes dans ses yeux étaient salées comme les embruns. Elles coulaient librement, maintenant, à cause du vent qui arrachait les lambeaux de terre. La vie à Marseille, dans l'appartement de grand-mère Aurelia, et avant cela, la vie à Saint-Martin, la marche de l'autre côté des montagnes, vers la vallée de la Stura, jusqu'à Santa Anna. Le vent soufflait, emportait, faisait couler les larmes. Fintan marchait sur le pont, le long de la paroi métallique, ébloui par les ampoules électriques, par le vide noir de la mer et du ciel. Il ne sentait pas le froid. Pieds nus, il avançait en s'accrochant à la lisse, vers le pont des premières maintenant déserté. En passant devant les cabines, il voyait par les fenêtres, à travers les rideaux de mousseline, des silhouettes, il entendait des voix de femmes, des rires, de la musique. Au bout du pont, c'était le grand salon des premières, avec des gens encore attablés, assis dans des fauteuils rouges, des hommes qui fumaient, qui jouaient aux cartes. Devant, c'était le pont de charge, avec les écoutilles fermées, le mât, le château avant éclairé par une lampe jaune, le vent violent et les vagues déferlant dans un nuage de vapeur qui brillait sur les flaques, comme les rafales de la pluie sur une route. Fintan avait calé son dos contre la paroi, entre les fenêtres du salon, et il regardait sans bouger, presque sans respirer. Il restait debout si longtemps, il regardait si longtemps, qu'il avait l'impression de tomber en avant, que le navire plongeait vers le fond de la mer. Le vide noir de l'océan et du ciel montait dans ses yeux. C'est un marin hollandais, appelé Christof, venu par hasard sur le pont, qui découvrit Fintan au moment où il allait s'évanouir. Il le porta dans ses bras jusqu'au salon, et après que le second capitaine l'eut interrogé on le ramena à la cabine de Maou.

Maou n'avait jamais connu un tel bonheur. Le *Surabaya* était un navire agréable avec ses ponts couverts où on pouvait se promener, s'allonger dans une chilienne pour lire un livre et rêver. On pouvait aller et venir librement. M. Heylings, le second capitaine, était un homme grand et fort, assez rouge de peau, presque chauve et qui parlait couramment français. Depuis l'aventure nocturne de Fintan, il s'était lié d'amitié avec le garçon. Il l'avait emmené avec Maou visiter la salle des machines. Il était très fier des machines du *Surabaya,* des vieilles turbines en bronze qui tournaient lentement en faisant un bruit qu'il comparait à celui d'une horloge. Il avait expliqué les rouages et les bielles. Fintan était resté longtemps à admirer les soupapes qui se soulevaient alternativement, et à travers le pont à claire-voie, les deux axes des hélices.

Il y avait des jours que le *Surabaya* avançait à travers l'océan. Un soir, M. Heylings avait emmené Maou et Fintan sur la passerelle. Un chapelet d'îles noires était accroché à l'horizon. « Regarde : Madeira, Funchal. »

C'étaient des noms magiques. Le bateau s'approche-rait dans la nuit.

Quand le soleil touchait la mer, tout le monde, à part quelques sceptiques, allait à l'avant, du côté des premières, pour guetter l'éclair vert. Mais chaque soir c'était la même chose. Au dernier instant, le soleil se noyait dans une brume qui semblait surgir de l'horizon pour éclipser le miracle.

C'étaient les soirées que Maou préférait. Mainte-nant que le navire approchait des côtes d'Afrique, il y avait une langueur dans l'air, au crépuscule, un souffle tiède qui frôlait le pont et lissait la mer. Assis dans des chiliennes côte à côte, Maou et Fintan se parlaient doucement. C'était l'heure de la promenade. Les passagers allaient et venaient, se saluaient. Les Botrou, avec qui ils partageaient une table aux repas, un couple de commerçants installé à Dakar. Mme O'Gilvy, la femme d'un officier anglais en garnison à Accra. Une jeune Française, une infirmière prénom-mée Geneviève, et un Italien gominé qui était son chevalier servant. Une bonne sœur du Tessin, Maria, qui allait au centre de l'Afrique, au Niger ; elle avait un visage très lisse et de grands yeux vert d'eau, un sourire d'enfant. Jamais Maou n'avait connu de telles gens. Elle n'avait jamais pensé qu'elle pourrait un jour être avec eux, partager leur aventure. Elle parlait à tout le monde, avec enthousiasme, elle prenait des thés, elle allait dans le salon des premières après dîner, elle s'asseyait à ces tables si blanches où la vaisselle d'argent brillait et les verres grelottaient au rythme des soupapes de bronze.

Fintan écoutait la voix chantante de Maou. Il aimait son accent italien, une musique. Il s'endormait sur sa chaise. Le grand M. Heylings le prenait dans ses bras, le couchait dans le lit étroit. Quand il rouvrait les yeux, il voyait les six fentes au-dessus de la porte de la cabine, brillant mystérieusement comme la première nuit en mer.

Pourtant, il ne dormait pas. Les yeux ouverts dans la pénombre, il attendait le retour de Maou. Le navire tanguait lourdement, en faisant craquer ses membrures. Alors Fintan pouvait se souvenir. Les choses passées n'avaient pas disparu. Elles étaient tapies dans l'ombre, il suffisait de bien faire attention, de bien écouter, et elles étaient là. Les champs d'herbes dans la vallée de la Stura, les bruits de l'été. Les courses jusqu'à la rivière. Les voix des enfants, qui criaient : Gianni ! Sandro ! Sonia ! Les gouttes d'eau froide sur la peau, la lumière qui s'accrochait aux cheveux d'Esther. A Saint-Martin, plus loin encore, le bruit de l'eau qui cascadait, le ruisseau qui galopait dans la grand-rue. Tout cela revenait, entrait dans la cabine étroite, peuplait l'air gris et lourd. Puis le navire emportait tout dans les vagues, hachait tout dans son sillage. La vibration des machines était plus puissante que ces choses, elles devenaient faibles et muettes.

Puis il y avait des rires dans le couloir, la voix claire de Maou, la voix grave et lente du Hollandais. On disait : Chchch !... La porte s'ouvrait. Fintan serrait les paupières. Il sentait le parfum de Maou, il écoutait le froissement des étoffes tandis qu'elle se déshabillait dans la pénombre. C'était bien d'être avec elle, si près d'elle, jour et nuit. Il sentait l'odeur de sa peau, de ses cheveux. Autrefois, dans la chambre, en Italie. La nuit, les fenêtres bouchées avec du papier bleu, le grondement des avions américains qui allaient bombarder Gênes. Il se serrait contre Maou, dans le lit, il cachait sa tête dans ses cheveux. Il entendait son souffle, le bruit de son cœur. Quand elle s'endormait, il y avait quelque chose de doux, de léger, un courant d'air, une haleine. C'était cela qu'il attendait.

Il se souvenait, quand il l'avait vue nue. C'était l'été, à Santa Anna. Les Allemands étaient tout proches, on entendait le tonnerre des canons dans la vallée. Dans la chambre, les volets étaient fermés. Il faisait chaud. Fintan avait ouvert la porte sans faire de bruit. Sur le lit, Maou était étendue, toute nue sur le drap. Son corps était immense et blanc, maigre, avec les marques des côtes, les touffes noires des aisselles, les boutons sombres des seins, le triangle du pubis. C'était le même air gris que dans la cabine, la même lourdeur. Debout devant la porte entrouverte, Fintan avait regardé. Il se souvenait de la brûlure sur son visage, comme si ce corps blanc rayonnait. Puis il avait fait deux pas en arrière, sans respirer. Dans la cuisine, les mouches bombinaient contre les vitres. Il y avait aussi une colonne de fourmis dans l'évier, et le robinet de cuivre qui gouttait. Pourquoi est-ce qu'il se souvenait de ces choses-là ?

Le navire *Surabaya* était un grand coffre d'acier qui emportait les souvenirs, qui les dévorait. Le bruit des machines n'arrêtait pas. Fintan imaginait les bielles et les axes luisant dans le ventre du navire, et les deux hélices tournant en sens contraire qui hachaient les vagues. Tout était emporté. On allait à l'autre bout du monde, peut-être. On allait en Afrique. Il y avait ces noms, qu'il avait entendus depuis toujours, Maou les prononçait lentement, ces noms familiers et effrayants, Onitsha, Niger. Onitsha. Si loin, à l'autre bout du monde. Cet homme qui attendait. Geoffroy Allen. Maou avait montré les lettres. Elle les lisait comme on récite une prière, ou une leçon. Elle s'arrêtait, elle regardait Fintan avec des yeux brillants d'impatience. Quand vous serez à Onitsha. Je vous attends tous les deux, je vous aime. Elle disait : « Ton père a écrit, ton père dit... » Cet homme qui porte le même nom. Je vous attends. Alors chaque tour d'hélice dans l'eau noire de l'Océan voulait dire cela, répétait ces noms, effrayants et familiers, Geoffroy Allen, Onitsha, Niger, ces mots aimants et menaçants, je vous attends, à Onitsha, sur le bord du fleuve Niger. Je suis ton père.

Il y avait le soleil et la mer. Le *Surabaya* semblait immobile sur la mer infiniment plate, immobile comme un château d'acier contre le ciel presque blanc, vide d'oiseaux, tandis que le soleil plongeait vers l'horizon.

Immobile comme le ciel. Il y avait des jours et des jours, avec seulement cette mer dure, l'air qui bougeait à la vitesse du navire, le cheminement du soleil sur les plaques de tôle, un regard qui appuyait sur le front, sur la poitrine, qui brûlait au fond du corps.

25

La nuit, Fintan ne pouvait pas dormir. Assis sur le pont, à la place où il avait failli perdre connaissance le premier soir, il regardait le ciel, guettant les étoiles filantes.

M. Botrou avait parlé de pluies d'étoiles. Mais le ciel se balançait lentement devant le mât du navire, et jamais aucune étoile ne s'en détachait.

Maou venait s'asseoir à côté de lui. Elle s'asseyait à même le pont, le dos appuyé contre la paroi du salon, sa jupe bleue recouvrant ses genoux, ses bras nus faisant un cercle autour de ses jambes. Elle ne parlait pas. Elle regardait la nuit, elle aussi. Peut-être qu'elle ne voyait pas les mêmes choses. Dans le salon, les passagers fumaient, parlaient fort. Les officiers anglais jouaient aux fléchettes.

Fintan regardait le profil de Maou, comme lorsque le navire glissait dans l'estuaire le jour du départ. Elle était si jeune. Elle avait natté ses beaux cheveux châtains en une seule tresse enroulée à l'arrière de sa tête. Il aimait comme elle piquait dans ses cheveux ces grosses épingles noires, brillantes. Le soleil de la mer avait hâlé son visage, ses bras, ses jambes. Un soir, en voyant Maou arriver, Mme Botrou s'était écriée : « Voilà l'Africaine ! » Il ne savait pas pourquoi, Fintan avait eu le cœur qui avait battu plus vite, de plaisir.

Un matin, M. Heylings l'avait appelé encore sur la dunette, pour lui montrer d'autres formes noires à l'horizon. Il avait dit des noms magiques : « Tenerife, Gran Canaria, Lanzarote. » Dans les jumelles, Fintan avait vu trembler les montagnes, le cône du volcan. Il y avait des nuages accrochés aux sommets. Des vallées vert sombre au-dessus de la mer. Les fumées des navires cachés dans le creux des vagues. Tout le jour les îles avaient été là, à bâbord, pareilles à un troupeau de baleines pétrifiées. Même des oiseaux étaient venus à la poupe, des mouettes criardes qui glissaient au-dessus du pont et regardaient les hommes. Les gens leur jetaient du pain pour les voir piquer. Puis elles étaient reparties, et les îles n'étaient plus que quelques points à peine perceptibles à l'horizon. Le soleil s'était couché dans un grand nuage rouge.

Il faisait si chaud dans la cabine sans fenêtre que Fintan ne pouvait pas rester dans sa couchette. Avec Maou, il allait s'asseoir sur le pont. Ils regardaient le balancement des étoiles. Quand il sentait le sommeil monter, il appuyait sa tête sur l'épaule de Maou. A l'aube, il se réveillait dans la cabine. La fraîcheur du matin entrait par la porte. L'ampoule électrique brillait encore dans le couloir. C'était Christof qui éteignait les lumières dès qu'il se levait.

Les trépidations des machines semblaient plus proches. Comme un travail, un halètement. Les deux arbres huilés tournaient en sens contraire dans le ventre du *Surabaya*. Sous son corps nu, Fintan sentait le drap mouillé. Il rêvait qu'il avait uriné dans le lit, et l'inquiétude le réveillait. Mais tout son corps était couvert de minuscules boutons transparents qu'il écorchait avec ses ongles. C'était terrible. Fintan pleurnichait de souffrance et de peur. Le docteur Lang, que Maou était allée chercher, s'était penché au-dessus de la couchette, il avait regardé le corps de Fintan sans le toucher, et il avait dit seulement, avec un drôle d'accent alsacien : « La gale bédouine, chère Madame. » Dans la pharmacie de bord, il avait trouvé une bouteille de talc, et Maou saupoudrait les boutons, elle passait sa main très doucement. A la fin, ils riaient tous les deux. C'était seulement ça. Maou disait : « Une maladie de poules !... »

Les jours étaient si longs. C'était à cause de la
lumière de l'été, peut-être, ou bien l'horizon si loin,
sans rien qui accroche le regard. C'était comme
d'attendre, heure après heure, et puis on ne sait plus
très bien ce qu'on attend. Maou restait dans la salle à
manger, après le petit déjeuner, devant la vitre grasse
qui troublait la couleur de la mer. Elle écrivait. La
feuille de papier blanc bien à plat sur la table d'acajou,
l'encrier calé dans le creux réservé au verre, la tête un
peu inclinée, elle écrivait. Elle avait pris l'habitude
d'allumer une cigarette, une Player's achetée par
paquets de cent à la boutique du steward, qu'elle
laissait se consumer toute seule sur le rebord du
cendrier en verre gravé aux initiales de la Holland
Africa Line. C'étaient des histoires, ou des lettres, elle
ne savait pas très bien. Des mots. Elle commençait,
elle ne savait pas où ça irait, en français, en italien,
parfois même en anglais, ça n'avait pas d'importance.
Simplement elle aimait faire cela, rêver en regardant la
mer, avec la fumée douce qui serpentait, écrire dans le
lent balancement du navire qui avançait sans arrêt,

29

heure après heure, jour après jour, vers l'inconnu. Après, la chaleur du soleil brûlait le pont, et il fallait s'en aller de la salle à manger. Écrire, en écoutant le froissement de l'eau sur la coque, comme si on remontait un fleuve sans fin.

Elle écrivait :

« San Remo, la place à l'ombre des grands arbres multipliants, la fontaine, les nuages au-dessus de la mer, les scarabées dans l'air chaud.

Je sens le souffle sur mes yeux.

Dans mes mains je tiens la proie du silence.

J'attends le tressaillement de ton regard sur mon corps.

Dans un rêve, cette nuit, je t'ai vu au bout de l'allée de charmes, à Fiesole. Tu étais comme l'aveugle qui cherche sa maison. Dehors, j'entendais des voix qui murmuraient des injures, ou des prières.

Je me souviens, tu me parlais de la mort des enfants, de la guerre. Les années qu'ils n'ont pas vécues creusent des trous béants dans les murs de nos maisons. »

Elle écrivait :

« Geoffroy, tu es en moi, je suis en toi. Le temps qui nous a séparés n'existe plus. Le temps m'avait effacée. Dans les traces sur la mer, dans les signes d'écume, j'ai lu ta mémoire. Je ne peux pas perdre ce que je vois, je ne peux pas oublier ce que je suis. C'est pour toi que je fais ce voyage. »

Elle rêvait, la cigarette se consumait, la feuille s'écrivait. Les signes s'enchevêtraient, il y avait de grandes plages blanches. Une écriture penchée, maniérée disait Aurelia, l'attaque des lettres hautes par une longue traîne courbe, les barres des t descendantes.

« Je me souviens, la dernière fois que nous nous sommes parlé, à San Remo, tu me racontais le silence du désert, comme si tu allais remonter le cours du temps, jusqu'à Meroë, pour trouver la vérité, et moi maintenant dans le silence et le désert de la mer, il me semble que je remonte aussi le temps pour trouver la raison de ma vie, là-bas, à Onitsha. »

Écrire, c'était rêver. Là-bas, quand on arriverait à Onitsha, tout serait différent, tout serait facile. Il y aurait les grandes plaines d'herbes que Geoffroy avait décrites, les arbres si hauts, et le fleuve si large qu'on pourrait croire la mer, l'horizon se perdant dans les mirages de l'eau et du ciel. Il y aurait les douces collines, plantées de manguiers, les maisons en terre rouge avec leurs toits de feuilles tressées. En haut, surplombant le fleuve, entourée d'arbres, il y aurait la grande maison en bois, avec son toit de tôle peint en blanc, la varangue et les massifs de bambous. Et ce nom bizarre, Ibusun, Geoffroy avait expliqué ce que ça voulait dire, dans la langue des gens du fleuve : l'endroit où l'on dort.

C'était là qu'on allait vivre, toute la famille de Geoffroy. Ce serait leur maison, leur patrie. Quand elle avait dit cela à son amie Léone, à Marseille, comme une confidence, elle avait été étonnée de sa réponse, sur un timbre haut perché : et c'est *là* que tu vas, ma pauvre chérie ? Dans cette hutte ? Maou avait voulu parler de l'herbe si haute qu'on y disparaissait tout entier, du fleuve si vaste et si lent, où naviguaient les bateaux à vapeur de la United Africa. Raconter la forêt sombre comme la nuit, habitée par des milliers d'oiseaux. Mais elle avait préféré ne rien dire. Elle avait dit seulement : oui, dans cette maison. Elle n'avait surtout pas dit le nom d'Ibusun, parce que Léone l'aurait écorché, et ça l'aurait ennuyée. Pis encore, Léone aurait peut-être éclaté de rire.

Maintenant, c'était bien d'attendre, dans la salle à manger du bateau, avec ces mots qui s'écrivaient. On était à chaque minute plus près d'Onitsha, plus près d'Ibusun. Fintan s'asseyait devant elle, les coudes appuyés sur la table, et il la regardait. Il avait un regard très noir, perçant, atténué par des cils longs et recourbés comme ceux d'une fille, et de jolis cheveux lisses, châtains comme ceux de Maou.

Depuis qu'il était tout petit, presque chaque jour elle lui répétait tous ces noms, ceux du fleuve et de ses îles, la forêt, les plaines d'herbes, les arbres. Il savait déjà tout sur les mangues et sur l'igname, avant de les avoir goûtées. Il savait le lent mouvement des bateaux à vapeur qui remontent le fleuve jusqu'à Onitsha, pour apporter les marchandises sur le Wharf, et qui repartaient chargés d'huile et de plantains.

Fintan regardait Maou. Il disait :

« Parle-moi italien, Maou. »

« Qu'est-ce que tu veux que je te dise ? »

« Dis-moi des vers. »

Elle récitait des vers de Manzoni, d'Alfieri, *Antigone*, *Marie Stuart*, des morceaux qu'elle avait appris par cœur, au collège San Pier d'Arena, à Gênes :

32

« — Incender lascia,
tu che perir non dei, da me quel rogo,
che coll'amato mio fratel mi accolga.
Fummo in duo corpi un'alma sola in vita,
sola una fiamma anco le morte nostre
spoglie consumi, e in una polve unisca. »

Fintan écoutait la musique des mots, cela lui donnait toujours un peu envie de pleurer. Dehors, le soleil brillait sur la mer, le vent chaud du Sahara soufflait sur les vagues, il pleuvait du sable rouge sur le pont, sur les hublots. Fintan aurait aimé que le voyage dure pour toujours.

Un matin, un peu avant midi, était apparue la côte de l'Afrique. C'était M. Heylings qui était venu chercher Maou et Fintan, il les avait emmenés sur la passerelle, à côté du timonier. Les passagers se préparaient pour le déjeuner. Maou et Fintan n'avaient plus faim, ils sont venus pieds nus pour voir plus vite. Sur l'horizon, à bâbord, l'Afrique était une longue bande grise, très plate, à peine au-dessus de la mer, et pourtant extraordinairement nette et visible. Il y avait si longtemps qu'ils n'avaient pas vu la terre. Fintan trouvait que ça ressemblait à l'estuaire de la Gironde.

Pourtant, il regardait sans se lasser cette apparition de l'Afrique. Même quand Maou était allée dans la salle à manger rejoindre les Botrou. C'était étrange et lointain, cela semblait un endroit qu'on n'atteindrait jamais.

Maintenant, à chaque instant, Fintan surveillerait cette ligne de terre, cela l'occuperait du matin jusqu'au soir, et même la nuit. Elle glissait en arrière, très lentement, et pourtant elle restait toujours la même, grise et précise sur l'éclat de la mer et du ciel. C'était d'elle que venait le souffle chaud qui jetait du sable contre les vitres du bateau. C'était elle qui avait changé la mer. A présent les vagues couraient vers elle, pour aller mourir sur les plages. L'eau était plus trouble, d'un vert mêlé de pluie, plus lente aussi. On voyait de grands oiseaux. Ils s'approchaient de l'étrave du *Surabaya*, la tête penchée pour examiner les hommes. M. Heylings connaissait leurs noms, c'étaient des fous, des frégates. Un soir, il y eut même un pélican maladroit qui s'accrocha dans les filins du mât de charge.

A l'aube, quand personne n'était encore levé, Fintan était déjà sur le pont pour voir l'Afrique. Il y avait des vols d'oiseaux très petits, brillants comme du fer-blanc, qui basculaient dans le ciel en lançant des cris perçants, et ces cris de la terre faisaient battre le cœur de Fintan, comme une impatience, comme si la journée qui commençait allait être pleine de merveilles, dans le genre d'un conte qui se prépare.

Le matin, on voyait aussi des bandes de dauphins, et des poissons volants jaillissant de la vague devant l'étrave. Maintenant, avec le sable, arrivaient des insectes, des mouches plates, des libellules, et même une mante religieuse qui s'était accrochée au rebord de la fenêtre de la salle à manger, et que Christof s'amusait à faire prier.

Le soleil brûlait sur la bande de terre. Le souffle du soir faisait monter de grands nuages gris. Le ciel se voilait, les crépuscules étaient jaunes. Il faisait si chaud dans la cabine que Maou s'endormait nue, enveloppée dans le drap blanc, qui laissait voir son corps sombre en transparence. Il y avait les moustiques déjà, le goût amer de la quinine. Chaque soir, Maou oignait longuement le dos et les jambes de Fintan avec de la calamine. Il y avait ces noms, qui circulaient de table en table dans la salle à manger : Saint-Louis, Dakar. Fintan aimait entendre ce nom aussi, Langue de Barbarie, et le nom de Gorée, si doux et si terrible à la fois. M. Botrou racontait que c'était là qu'autrefois étaient enfermés les esclaves, avant de partir pour l'Amérique, pour la mer des Indes. L'Afrique résonnait de ces noms que Fintan répétait à voix basse, une litanie, comme si en les disant il pouvait saisir leur secret, la raison même du mouvement du navire avançant sur la mer en écartant son sillage.

Puis, un jour, au bout de cette bande grise sans fin, il y avait eu une terre, une vraie terre rouge et ocre, avec l'écume sur les récifs, des îles, et l'immense tache pâle d'un fleuve souillant la mer. C'était ce matin-là que Christof s'était ébouillanté en réglant les tuyaux de la réserve d'eau chaude des douches. Dans le vide de l'aube, son cri avait résonné dans le couloir. Fintan avait sauté hors de sa couchette. Il y avait une rumeur confuse, des bruits de pas courant au bout du couloir. Maou avait appelé Fintan, elle avait refermé la porte. Mais les gémissements de douleur de Christof dominaient les grincements et les trépidations des machines.

Vers midi, le *Surabaya* accostait à Dakar, et Christof avait été débarqué en premier, pour être conduit à l'hôpital. Il avait été brûlé sur la moitié du corps.

En marchant sur les quais avec Maou, Fintan tressaillait à chaque cri de mouette. Il y avait une odeur forte, âcre, qui faisait tousser. C'était donc cela qui se cachait dans le nom de Dakar. L'odeur des arachides, l'huile, la fumée fade et âpre qui se glissait partout, dans le vent, dans les cheveux, dans les habits. Jusque dans le soleil.

Fintan respirait l'odeur. Elle entrait en lui, elle imprégnait son corps. Odeur de cette terre poussiéreuse, odeur du ciel très bleu, des palmes luisantes, des maisons blanches. Odeur des femmes et des enfants vêtus de haillons. Odeur qui possédait cette ville. Fintan avait toujours été là, l'Afrique était déjà un souvenir.

Maou avait haï cette ville dès le premier instant. « Regarde, Fintan, regarde ces gens ! Il y a des gendarmes partout ! » Elle montrait les fonctionnaires en complets empesés, portant le casque comme s'ils étaient vraiment des gendarmes. Ils avaient des gilets et des montres en or, comme au siècle passé. Il y avait aussi des commerçants européens en culottes courtes, les joues mal rasées, un mégot au coin des lèvres. Et des gendarmes sénégalais, debout, campés sur leurs jambes, surveillant la file des dockers ruisselant de sueur. « Et cette odeur, cette arachide, ça prend à la gorge, on ne peut pas respirer. » Il fallait bouger, s'éloigner des quais. Maou prenait la main de Fintan, elle l'entraînait vers les jardins, suivie par une cohorte d'enfants mendiants. Elle interrogeait Fintan du regard. Est-ce qu'il détestait aussi cette ville ? Mais il y avait une telle force dans cette odeur, dans cette lumière, dans ces visages ruisselants, dans les cris des enfants, c'était comme un vertige, comme un carillon, il n'y avait plus de place pour les sentiments.

Le *Surabaya* était un asile, une île. On retrouvait la cachette de la cabine, la touffeur grise et l'ombre, le bruit de l'eau au bout du couloir dans la salle de douche. Il n'y avait pas de fenêtre. L'Afrique, après tous ces jours en mer, ça faisait battre le cœur trop fort.

Sur les quais de Dakar, il n'y avait que les barils d'huile, et l'odeur jusqu'au centre du ciel, Maou disait qu'elle avait envie de vomir. « Ah, pourquoi ça sent si fort ? » Le navire déchargeait des marchandises, il y avait le grincement du mât, les cris des dockers. Quand elle sortait tout de même, Maou s'abritait sous son ombrelle bleue. Le soleil brûlait les visages, brûlait les maisons, les rues poussiéreuses. M. et Mme Botrou devaient prendre le train pour Saint-Louis. Dakar résonnait du bruit des camions et des autos, des voix d'enfants, des postes de radio. Le ciel était rempli de cris. Et l'odeur qui ne cessait jamais, pareille à un nuage invisible. Même les draps, même les habits, même la paume des mains en étaient imprégnés. Ciel jaune, ciel fermé sur la grande ville, le poids de la chaleur, en cette fin d'après-midi. Et soudain, comme une fontaine, mince, aiguë, la voix du muezzin qui appelait à la prière, par-dessus les toits de tôle.

Maou ne tenait plus dans le bateau. Elle avait décidé d'accompagner les Botrou jusqu'à Saint-Louis. Dans la chambre d'hôtel, pendant qu'elle croyait Fintan occupé à jouer dans le jardin, Maou se lavait. Elle était debout toute nue dans le baquet d'eau froide, au milieu du carrelage rouge sang, et elle pressait une éponge sur sa tête. Les volets des hautes fenêtres laissaient passer un jour gris, comme dans la chambre, autrefois, à Santa Anna. Fintan était entré silencieusement, il regardait Maou. C'était une image à la fois

38

très belle et tourmentante, le corps mince et pâle, les côtes apparentes, les épaules et les jambes si brunes, les seins aux tétons couleur de prune, et le bruit de l'eau qui cascadait sur ce corps de femme dans la pénombre de la chambre, un bruit de pluie très doux tandis que les mains soulevaient l'éponge et la pressaient au-dessus de la chevelure. Fintan restait sans mouvement. L'odeur de l'huile était partout, même ici, dans cette chambre, elle avait imprégné le corps et les cheveux de Maou, pour toujours peut-être.

C'était donc cela, l'Afrique, cette ville chaude et violente, le ciel jaune où la lumière battait comme un pouls secret. Avant qu'ils ne repartent pour Dakar, les Botrou avaient invité Maou et Fintan à Gorée, pour visiter le fort. Sur la rade, le canot glissait vers la ligne sombre de l'île. La forteresse maudite où les esclaves attendaient leur voyage vers l'enfer. Au centre des cellules, il y avait une rigole pour laisser s'écouler l'urine. Aux murs, les anneaux où on accrochait les chaînes. C'était donc cela l'Afrique, cette ombre chargée de douleur, cette odeur de sueur au fond des geôles, cette odeur de mort. Maou ressentait le dégoût, la honte. Elle ne voulait pas rester à Gorée, elle voulait repartir au plus vite vers Dakar.

Le soir, Fintan brûlait de fièvre. Les mains de Maou passaient sur son visage, fraîches, légères. « Bois ta quinine, *bellino,* bois. » Le soleil brûlait encore, même dans la nuit, jusqu'au fond de la cabine sans fenêtre. « Grand-mère Aurelia, je veux la revoir, quand est-ce qu'on reviendra en France ? » Fintan délirait un peu. Dans la cabine, il y avait toujours l'odeur âcre de l'arachide, et l'ombre de Gorée. Il y avait une rumeur, maintenant, la rumeur de l'Afrique. Les insectes marchaient autour des lampes. « Et Christof, est-ce qu'il va mourir ? »

Le bruit des machines avait recommencé, le long mouvement de la houle, les craquements des membrures chaque fois que l'étrave franchissait une vague. C'était la nuit, on allait vers d'autres ports, Freetown, Monrovia, Takoradi, Cotonou. Avec le mouvement du navire, Maou sentait que la fièvre s'en allait, glissait au loin. Fintan restait immobile sur la couchette, il écoutait la respiration de Maou, la respiration de la mer. La brûlure qu'il ressentait au fond des yeux, au centre de son corps, c'était le soleil suspendu au-dessus de l'île de Gorée, au milieu du ciel jaune, le soleil maudit des esclaves enchaînés dans leurs geôles, fouettés par les contremaîtres des plantations d'arachide. On glissait, on s'éloignait, on allait de l'autre côté du crépuscule.

À l'aube, il y avait eu ce bruit étrange, inquiétant, sur le pont avant du *Surabaya*. Fintan s'était levé pour écouter. Par la porte de la cabine entrouverte, le long du couloir encore éclairé par les ampoules électriques, le bruit arrivait, assourdi, monotone, irrégulier. Des coups frappés au loin, sur la coque du navire. En mettant sa main sur la paroi du couloir, on pouvait sentir les vibrations. Fintan s'était habillé à la hâte et, pieds nus, il était parti à la recherche du bruit.

40

Sur le pont, il y avait déjà du monde, des Anglais vêtus de leurs vestes de lin blanc, des dames portant des chapeaux, des voilettes. Le soleil brillait avec force sur la mer. Fintan marchait sur le pont des premières ; vers l'avant du navire, là d'où on pouvait voir les écoutilles. Tout d'un coup, comme du balcon d'un immeuble, Fintan découvrit l'origine du bruit : tout le pont avant du *Surabaya* était occupé par les noirs accroupis qui frappaient à coups de marteau les écoutilles, la coque et les membrures pour arracher la rouille.

Le soleil se levait au-dessus de la côte de l'Afrique, à l'horizon, dans une sorte de halo de sable. Déjà l'air chaud lissait la mer. Accrochés au pont et aux membrures, comme sur le corps d'un animal géant, les noirs frappaient à coups irréguliers, avec leurs petits marteaux pointus. Le bruit résonnait, gagnait tout le navire, s'amplifiait sur la mer et dans le ciel, et semblait pénétrer la bande de terre à l'horizon, comme une musique dure et lourde, une musique qui emplissait le cœur, et qu'on ne pouvait pas oublier.

Maou avait rejoint Fintan sur le pont. « Pourquoi font-ils ça ? » avait demandé Fintan. « Pauvres gens », avait dit Maou. Elle avait expliqué que les noirs travaillaient à dérouiller le bateau pour payer leur voyage et le voyage de leur famille jusqu'au prochain port. Les coups résonnaient selon un rythme incompréhensible, chaotique, comme si c'étaient eux maintenant qui faisaient avancer le *Surabaya* au milieu de cette mer.

On allait vers Takoradi, Lomé, Cotonou, on allait

vers Conakry, Sherbro, Lavannah, Edina, Manna, Sinou, Accra, Bonny, Calabar... Maou et Fintan restaient de longues heures sur le pont, à regarder la côte sans fin, cette terre sombre à l'horizon, s'ouvrant sur des estuaires inconnus, si vastes, portant l'eau douce des fleuves jusqu'au centre de la mer, avec des troncs d'arbre et des radeaux d'herbe emmêlés comme des serpents, des naissances d'îles frangées d'écume, quand le ciel s'emplissait d'oiseaux très lourds qui volaient au-dessus de la poupe du navire, inclinant leur tête, leur regard acéré balayant le navire et ses passagers étrangers qui frôlaient leur domaine.

Sur le pont avant, les noirs continuaient à marteler. La lumière était éblouissante. Les hommes ruisselaient de sueur. A quatre heures, au signal d'une cloche, ils s'arrêtaient de frapper. Les marins hollandais descendaient sur le pont de charge pour ramasser les petits marteaux et distribuer la nourriture. Il y avait des bâches sur le pont, des abris de fortune. Malgré les interdictions, les femmes allumaient des braseros. Il y avait des Peuls, des Ouolofs, des Mandingues, reconnaissables à leurs longues robes blanches, à leurs tuniques bleues, à leurs culottes incrustées de perles. Ils s'installaient autour d'une théière en fer-blanc à col d'ibis. Maintenant que le bruit des marteaux s'était arrêté, Fintan pouvait entendre le brouhaha des voix, les rires des enfants. Le vent apportait l'odeur de la nourriture, la fumée des cigarettes. Sur le pont-promenade des premières, les officiers anglais, les administrateurs coloniaux habillés de clair, les dames à chapeaux et voilettes regardaient distraitement cette foule massée sur le pont de charge, les linges multicolores qui flottaient au soleil. Ils parlaient d'autre chose. Ils n'y pensaient plus. Même Maou, après les premiers jours, avait cessé d'entendre le bruit des marteaux sur les membrures du navire. Mais Fintan, lui, sursautait chaque matin, quand cela commençait, et il ne pouvait plus détacher son regard des noirs qui vivaient sur le pont de charge, à l'avant du navire. Dès l'aube, il courait pieds nus jusqu'au garde-corps, il calait ses pieds contre la paroi pour mieux voir par-dessus la lisse. Aux premiers coups sur la coque, il sentait son cœur battre plus vite, comme si c'était une musique. Les hommes levaient leurs marteaux les uns après les autres, les abattaient, sans un cri, sans un chant, et d'autres coups répondaient à l'autre bout du navire, d'autres encore, et bientôt la coque tout entière vibrait et palpitait comme un animal vivant.

Et il y avait la mer si lourde, les estuaires de boue qui troublaient le bleu profond, et la côte de l'Afrique, parfois si proche qu'on distinguait les maisons blanches au milieu des arbres et qu'on entendait gronder les récifs. M. Heylings montrait à Maou et à Fintan le fleuve Gambie, les îles de Formose, la côte du Sierra Leone où tant de navires avaient fait naufrage. Il montrait la côte des Krous, il disait : « A Manna, à la Grand Bassam, au cap des Palmes, il n'y a pas de lumières, alors les Krous allument des feux sur les plages, comme si c'était l'entrée du port de Monrovia, ou le phare de la presqu'île de Sierra Leone, et les navires se jettent à la côte. Ce sont les naufrageurs, les pilleurs d'épaves. »

Fintan regardait inlassablement les hommes accroupis en train de frapper la coque du navire à coups de marteaux, comme une musique, comme un secret langage, comme s'ils racontaient l'histoire des naufrages sur la côte des Krous. Un soir, sans rien dire à Maou, il est passé par-dessus la lisse, à l'avant, et il a descendu les échelons jusqu'au pont de charge. Il s'est faufilé au milieu des ballots jusqu'aux grandes écoutilles où campaient les noirs. C'était le crépuscule, on allait lentement sur la mer boueuse, vers un grand port, Conakry, Freetown, Monrovia peut-être. Le pont brûlait encore de la chaleur du soleil. Il y avait l'odeur du cambouis, de l'huile, l'odeur acide de la sueur. A l'abri contre les membrures rouillées, les femmes berçaient leurs petits enfants. Des garçons tout nus jouaient avec des bouteilles et des boîtes de conserve. Il y avait beaucoup de fatigue. Les hommes étaient allongés sur des chiffons, ils dormaient, ou ils regardaient le ciel sans rien dire. C'était très doux et très lent, la mer usait les longues vagues venues du fond de l'Océan et glissant sous la nuque du navire, indifférentes, jusqu'au socle du monde.

Personne ne parlait. Seulement, à l'avant, cette voix qui chantait toute seule, en sourdine, et ça allait avec le soulèvement lent des vagues et le souffle des machines. Une voix, juste avec des « ah » et des « eya-oh », pas vraiment triste, pas vraiment une plainte, la voix légère d'un homme assis le dos contre un ballot, vêtu de haillons tachés, son visage strié de cicatrices profondes sur le front et sur les joues.

L'avant du *Surabaya* se soulevait sur la houle, il y

avait de temps en temps une petite gerbe d'embruns suspendue au-dessus du pont à travers laquelle on voyait l'arc-en-ciel. Ça faisait un nuage froid sur la brûlure des hommes. Fintan s'est assis sur le pont, pour écouter la chanson de l'homme en haillons. Des enfants sont venus timidement. Personne ne parlait. Le ciel est devenu jaune. Puis la nuit est tombée et l'homme continuait à chanter.

A la fin, un marin hollandais a vu Fintan, il est venu le chercher. M. Heylings n'était pas content. « C'est défendu d'aller sur le pont de charge, tu le savais ! » Maou était en larmes. Elle avait cru à des choses terribles, qu'une vague l'avait emporté, l'avait noyé, elle avait regardé le sillage qui continuait cruellement, elle voulait qu'on arrête le navire ! Elle serrait Fintan contre elle, elle ne pouvait plus rien dire. C'était la première fois qu'il la voyait pleurer, il en pleurait aussi. « Je ne le ferai plus, Maou, je n'irai plus sur le pont. »

Plus tard, il avait demandé : « Dis, Maou, pourquoi tu t'es mariée avec un Anglais ? » Il avait dit cela avec une telle gravité qu'elle avait éclaté de rire. Elle l'avait serré dans ses bras si fort que ses pieds avaient quitté le sol, et en le tenant ainsi, elle tournait sur elle-même, comme si elle dansait la valse. C'était une chose à ne pas oublier, jamais. Le crépuscule, à l'avant du bateau, la chanson lente de l'homme en haillons, et Maou qui serrait Fintan contre elle et qui dansait sur le pont jusqu'au vertige.

On allait vers d'autres ports, d'autres embouchures. Manna, Setta Krous, Tabu, Sassandra, invisibles dans les palmes sombres, et les îles apparaissant, disparaissant, les fleuves roulant leurs eaux limoneuses, poussant vers la mer les troncs errants comme des mâts arrachés dans un naufrage, Bandama, Comoe, les lagunes, les immenses plages de sable. Sur le pont des premières, Maou parlait avec un officier anglais du nom de Gerald Simpson.

Par une coïncidence, il allait lui aussi à Onitsha. Il avait été nommé D.O., District Officer ; il rejoignait son nouveau poste. « J'ai entendu parler de votre mari », avait-il dit à Maou. Il n'en avait pas dit plus. C'était un homme grand et maigre, avec un nez busqué, des moustaches en croc, de petites lunettes d'acier, des cheveux blonds coupés très court. Il parlait doucement, presque à voix basse, sans bouger ses lèvres minces, comme avec dédain. Il disait tous les noms des ports et des caps, en jetant un coup d'œil à la côte lointaine. Il parlait des Krous, il tournait un peu le buste vers la proue du navire, la lumière brillait sur le cercle de ses lunettes. Fintan l'avait tout de suite détesté.

« Ces gens-là... Ils voyagent tout le temps, ils vont de ville en ville, sont capables de vendre n'importe quoi. »

Il montrait vaguement l'homme qui chantait le soir, en suivant le rythme des vagues.

Il y avait un autre homme qui parlait avec Maou, un Anglais, ou peut-être un Belge, avec un drôle de nom, il s'appelait Florizel. Très grand et gros, avec un visage très rouge, toujours mouillé de sueur, buvant sans arrêt des bières brunes, parlant d'une voix forte, avec un drôle d'accent. Quand Maou et Fintan étaient là, il racontait des histoires terribles sur l'Afrique, des histoires d'enfants enlevés et vendus sur le marché, découpés en petits morceaux, des histoires de cordes tendues sur les routes, la nuit, pour faire tomber les cyclistes transformés eux aussi en beefsteaks, et l'histoire d'un paquet qu'on avait ouvert à la douane, destiné à un riche commerçant d'Abidjan, et quand on l'avait ouvert, on avait trouvé coupé en morceaux enveloppés dans du papier kraft le corps d'une petite fille, avec ses mains et ses pieds, et sa tête. Il racontait tout cela avec sa grosse voix et il s'esclaffait tout seul bruyamment. Maou prenait Fintan par le bras et elle l'entraînait au loin, avec un frisson de colère dans la voix. « C'est un menteur, ne crois pas ce qu'il raconte. » Florizel parcourait l'Afrique pour vendre des montres suisses. Il disait pompeusement : « L'Afrique est une grande dame, elle m'a tout donné. » Il regardait avec mépris les officiers anglais, si pâles et

guindés dans leurs uniformes de conquérants d'opé-
rette.

On allait vers les lagunes, le cap des Palmes,
Cavally, Grand-Bassam, les Trois Pointes. Les
nuages sortaient de la terre sombre, chargés de sable
et d'insectes. Un matin, M. Heylings avait apporté à
Fintan, sur une grande feuille de papier, un insecte
brindille, immobile et fabuleux.

A l'aube, le *Surabaya* entrait dans la baie de Takoradi.

La charrette avançait le long de la route directe-
ment vers la mer. Maou était assise bien droite,
abritée sous son chapeau de paille, vêtue de sa robe
de voile et chaussée de ses tennis blancs. Fintan
admirait son profil hâlé, ses jambes brillantes couleur de bronze. A l'avant de la carriole, le cocher
tenait les rênes du cheval poussif. De temps en
temps il se retournait pour regarder Maou et Fintan.
C'était un géant noir, un Ghan qui avait un nom
magnifique, il s'appelait Yao. L'Anglais Simpson
avait tenu à discuter en pidgin le prix du voyage.
« Vous comprenez, avec ces gens-là... » Maou
n'avait pas voulu qu'il les accompagne. Elle voulait
être seule avec Fintan. C'était la première fois qu'ils
entraient en Afrique.

La charrette avançait lentement sur la route très
droite, soulevant derrière elle un nuage de poussière
rouge. De chaque côté, il y avait d'immenses planta-

tions de cocotiers, des huttes d'où sortaient des enfants.

Puis il y a eu le bruit. C'est Fintan qui l'a entendu le premier, à travers le martèlement des sabots du cheval et le grincement de ferraille de la carriole. Un bruit puissant et doux, comme le vent dans les arbres.

« Tu entends ? C'est la mer. »

Maou a essayé de voir entre les fûts des cocotiers. Et tout d'un coup, ils sont arrivés. La plage s'est ouverte devant eux, éblouissante de blancheur, avec les longues lames qui tombaient l'une après l'autre dans un tapis d'écume.

Yao a arrêté la charrette à l'abri des cocotiers, il a attaché le cheval. Déjà Fintan courait sur la plage, entraînant Maou par la main. Le vent brûlant les entourait, faisait flotter la grande robe de Maou, menaçait son chapeau. Elle riait aux éclats.

Ensemble ils ont couru jusqu'à la mer, sans même enlever leurs chaussures, jusqu'à ce que l'eau mousseuse glisse entre leurs jambes. En un instant ils étaient trempés des pieds à la tête. Fintan est retourné en arrière pour enlever ses habits. Il a posé une branche dessus pour les retenir contre le vent. Maou est restée habillée. Elle a seulement ôté ses tennis et les a jetés en arrière sur le sable sec. Les vagues venaient de la haute mer, glissaient en grondant et crissaient sur le sable de la plage, lançaient leur eau crépitante qui se retirait en suçant les jambes. Maou criait : « Attention ! Donne-moi la main ! » Ensemble ils tombaient dans la vague nouvelle. La robe blanche de Maou collait sur son corps. Elle tenait à la main le chapeau de paille comme si elle l'avait pêché. Jamais elle n'avait ressenti une telle ivresse, une telle liberté.

La plage était immense et vide à l'ouest, avec la ligne sombre des cocotiers qui rejoignait le cap. De l'autre côté, il y avait les pirogues des pêcheurs échouées sur le sable, pareilles à des troncs rejetés par la tempête. Les enfants couraient sur la plage, au loin, leurs cris perçaient le bruit de la mer.

A l'ombre des cocotiers, à côté de la charrette, Yao attendait en fumant. Quand Maou s'est assise sur le sable pour sécher sa robe et son chapeau, il s'est approché. Son visage exprimait une certaine désapprobation. Il a montré l'endroit où Fintan et elle s'étaient baignés, et il a dit en pidgin :

« Ici, une dame anglaise est morte l'an dernier. Elle s'est noyée. »

Maou a expliqué à Fintan. Elle avait l'air effrayé. Fintan a regardé la mer si belle, étincelante, les vagues obliques qui glissaient sur le miroir du sable. Comment pouvait-on mourir ici ? C'était cela que voulait dire son regard. C'était cela que pensait Maou.

Ils ont essayé de rester encore sur la plage. Le grand Yao est retourné s'asseoir à l'ombre des cocotiers pour fumer. On n'entendait plus rien que le bruit des vagues usant les récifs, le crépitement de l'eau sur le sable. Le vent brûlant agitait les palmes. Le ciel était d'un bleu intense, cruel, il donnait le vertige.

A un moment, il y a eu un vol d'oiseaux à travers les vagues, tout près de l'écume. « Regarde ! a dit

Maou. Ce sont des pélicans. » Il y avait quelque chose de terrible et de mortel maintenant sur cette plage. En séchant, le chapeau de Maou ressemblait à une épave.

Elle s'est relevée. L'eau salée avait raidi sa robe, le soleil écorchait leurs visages. Fintan s'est rhabillé. Ils avaient soif. Sur un rocher pointu, Yao a éventré une noix de coco. Maou a bu la première. Elle s'est essuyé la bouche avec la main, elle a donné la noix à Fintan. L'eau était acide. Ensuite Yao a dépiauté des morceaux de chair imprégnés de lait. Il suçait les morceaux. Son visage brillait dans l'ombre comme du métal noir.

Maou a dit : « Il faut retourner au bateau maintenant. » Elle frissonnait dans le vent chaud.

Quand ils sont arrivés sur le *Surabaya*, Maou brûlait de fièvre. A la tombée de la nuit, elle grelottait sur sa couchette. Le médecin de bord n'était pas là.

« Qu'est-ce qui m'arrive, Fintan ? J'ai si froid, je n'ai plus de forces. »

Elle avait dans la bouche le goût de la quinine. Dans la nuit, elle s'est levée plusieurs fois pour essayer de vomir. Fintan restait assis à côté de sa couchette, il lui tenait la main. « Ça va aller, tu vas voir, ça n'est rien. » Il la regardait à la lumière grise du couloir. Il écoutait les grincements des défenses contre le quai, le gémissement des amarres. Dans la cabine, il faisait chaud et lourd, il y avait des moustiques. Dehors, sur le pont, il y avait la lueur des orages électriques, les nuages qui s'entrechoquaient en silence. Maou avait fini par s'endormir, mais Fintan, lui, n'avait pas sommeil. Il sentait la fatigue, la solitude. Le soleil brûlait encore dans la nuit, sur son visage, sur ses épaules. Appuyé contre la lisse, il essayait de deviner, au-delà de la jetée, la ligne sombre où déferlaient les vagues.

« Quand est-ce qu'on arrivera ? » Maou ne savait pas. Hier, avant-hier, elle avait demandé à M. Heylings. Il avait parlé de jours, de semaines. Il y avait des marchandises à décharger, d'autres ports, d'autres jours d'attente. Fintan ressentait maintenant une impatience grandissante. Il voulait arriver, là-bas, dans ce port, au bout du voyage, à la fin de la côte de l'Afrique. Il voulait s'arrêter, entrer dans la ligne sombre de la côte, traverser les fleuves et les forêts, jusqu'à Onitsha. C'était un nom magique. Un nom aimanté. On ne pouvait pas résister.

« Quand on sera à Onitsha... » Maou disait cela. C'était un nom très beau et très mystérieux, comme une forêt, comme le méandre d'un fleuve. Grand-mère Aurelia avait dans sa chambre, à Marseille, au-dessus de son lit bombé, un tableau qui représentait une clairière dans la forêt, où se reposait une harde de cerfs. Chaque fois que Maou parlait d'Onitsha, Fintan pensait que ça devait être comme cela, comme dans cette clairière, avec la lumière verte qui passait dans le feuillage des grands arbres.

« Est-ce qu'il sera là, à l'arrivée du bateau ? »

Fintan ne disait jamais autrement quand il parlait de Geoffroy. Il ne pouvait pas dire le mot « père ». Maou disait tantôt « Geoffroy », tantôt elle l'appelait par son nom de famille, Allen. Il y avait si longtemps. Peut-être qu'elle ne le connaissait plus.

Maintenant, Fintan la regardait dormir, dans la pénombre. Après la fièvre, son visage était tout chiffonné comme celui d'une enfant. Ses cheveux défaits, mouillés par la sueur, formaient de grandes boucles noires.

Alors, un peu avant l'aube, le mouvement très doux et très lent avait recommencé. Fintan n'avait pas compris tout de suite que c'était le *Surabaya* qui s'en allait. Il glissait le long des quais, il allait vers la passe, vers Cape Coast, Accra, Keta, Lomé, Petit Popo, on allait vers l'estuaire du grand fleuve Volta, vers Cotonou, Lagos, vers l'eau boueuse du fleuve Ogun, vers les bouches qui laissaient couler un océan de boue, à l'estuaire du fleuve Niger.

C'était le matin, déjà. La coque du *Surabaya* vibrait sous la pulsion des bielles, le vent chaud rabattait la fumée sur la poupe, Fintan avait les yeux brûlants de sommeil. Sur le pont, penché sur la lisse, il essayait de voir la mer grise, la mer couleur de cendres, la côte noire qui fuyait en arrière, enveloppée de nuées d'oiseaux hurleurs. A l'avant, sur le pont de charge, les Krous, les Ghans, les Yorubas, les Ibos, les Doualas étaient encore enroulés dans leurs couvertures, la tête appuyée sur leurs ballots. Déjà les femmes étaient réveillées, assises sur leurs talons, elles faisaient téter les nourrissons. Il y avait des pleurnichements d'enfants. Encore un instant, et les hommes allaient prendre leurs petits marteaux pointus, et les membrures de fer, les panneaux des écoutilles, éternellement rouillés allaient commencer à résonner comme si le navire était un gigantesque tambour, un gigantesque corps palpitant sous les coups désordonnés de son cœur multiple. Et Maou allait se retourner sur sa couchette mouillée de sueur, elle pousserait un soupir, peut-être qu'elle appellerait Fintan pour qu'il lui donne un verre d'eau de la carafe posée sur la tablette d'acajou. Tout était si long, si lent, avançant le long de son sillon sur la mer sans fin, à la fois différent et toujours le même.

A Cotonou, Maou et Fintan avaient marché sur la longue digue qui coupait les vagues. Dans le port, il y avait beaucoup de cargos en train de décharger. Plus loin, les barques des pêcheurs, entourées de pélicans.

Maou avait mis sa robe de voile, celle avec laquelle elle s'était baignée à Takoradi. Au marché de Lomé, elle avait acheté un nouveau chapeau de paille. Elle ne voulait pas entendre parler du casque. « C'est bon pour les gendarmes », disait-elle. Fintan refusait de porter un chapeau. Ses cheveux châtains, raides, coupés droit sur son front, lui faisaient comme un casque. Depuis la baignade à Takoradi, il ne voulait plus trop descendre à terre. Il restait sur le pont, avec le second capitaine Heylings qui surveillait le mouvement des marchandises.

Le ciel était bas, d'un gris laiteux. Il faisait une chaleur torride dès les premières heures du jour. Sur les quais, les dockers entassaient les caisses de marchandises, et préparaient celles qu'on allait embarquer, les balles de coton, les sacs d'arachide. Les mâts de charge hissaient les filets pleins de marchandises. Il n'y avait plus personne sur le pont de charge. Les gens étaient descendus, les femmes avec leurs bébés serrés dans leurs voiles, portant leurs ballots sur la tête. Maintenant cela faisait un silence étrange, les membrures et la coque du navire avaient cessé de résonner, les machines étaient arrêtées. Juste le ronronnement continu du générateur qui actionnait les mâts de charge. Par les écoutilles grandes ouvertes, on voyait la cale, la poussière qui montait éclairée par les ampoules électriques.

« Maou, où est-ce que tu vas ? »

« Je reviens tout de suite, mon amour. »

Fintan regardait avec appréhension tandis qu'elle descendait la coupée, suivie de l'odieux Gerald Simpson.

« Viens, on va se promener sur la digue, on va voir la ville. »

Fintan ne voulait pas. Il avait la gorge serrée, il ne comprenait pas bien pourquoi. Peut-être parce qu'un jour ça serait comme ça, il faudrait descendre cette coupée, entrer dans une ville, et il y aurait cet homme qui attendrait, qui dirait : « Je suis Geoffroy Allen, je suis ton père. Viens avec moi à Onitsha. » Et aussi, quand il regardait la silhouette blanche de Maou, sa robe blanche gonflée dans le vent comme une voile. Elle donnait le bras à l'Anglais, elle l'écoutait pérorer sur l'Afrique, sur les noirs, sur la jungle. C'était insupportable. Alors il s'enfermait dans la cabine sans fenêtre, il allumait la veilleuse, et il commençait à écrire une histoire sur un petit cahier à dessin, avec un crayon gras. Il écrivait d'abord le titre, en lettres capitales : UN LONG VOYAGE.

Puis il commençait à écrire l'histoire :

ESTHER. ESTHER EST ARRIVÉE EN AFRIQUE 1948.

ELLE SAUTE SUR LE QUAI ET ELLE MARCHE DANS LA FORÊT.

C'était bien, d'écrire cette histoire, enfermé dans la cabine, sans un bruit, avec la lumière de la veilleuse et la chaleur du soleil qui montait au-dessus de la coque du navire immobile.

LE BATEAU S'APPELLE NIGER. IL REMONTE LE FLEUVE PENDANT DES JOURS.

Fintan sentait la brûlure du soleil sur son front, comme autrefois, à Saint-Martin. Un point de douleur entre les yeux. Grand-mère Aurelia disait que c'était son troisième œil, l'œil qui servait à lire dans l'avenir. Tout est si loin, si vieux. Comme si cela n'avait jamais existé. Dans la forêt Esther marche au milieu des dangers, guettée par les léopards et les crocodiles. ELLE ARRIVE À ONITSHA. UNE GRANDE MAISON EST PRÉPARÉE, AVEC UN REPAS, ET UN HAMAC. ESTHER ALLUME UN FEU POUR ÉLOIGNER LES FAUVES. Le temps était une brûlure qui avançait sur le front de Fintan, comme autrefois quand le soleil de l'été montait très haut au-dessus de la vallée de la Stura. Le temps avait le goût amer de la quinine, l'odeur âcre des arachides. Le temps était froid et humide comme les geôles des forçats à Gorée. ESTHER REGARDE LES ORAGES AU-DESSUS DE LA FORÊT. UN NOIR A APPORTÉ UN CHAT. I AM HUNGRY, DIT ESTHER. ALORS JE TE DONNE CE CHAT. À MANGER ? NON, COMME AMITIÉ. La nuit venait, calmait la brûlure du soleil sur le front de Fintan. Il entendait la voix de Maou dans le couloir, l'accent pointu de Gerald Simpson. Dehors, il faisait frais. Les éclairs électriques zébraient silencieusement le ciel.

Sur le pont des premières, M. Heylings était torse nu, en short kaki. Il fumait en regardant le travail des mâts de charge. « Qu'est-ce que tu fais là, Junge ? Tu as perdu ta maman ? » Il saisissait le garçon par la tête. Ses mains puissantes serraient le front de Fintan et tout doucement il le soulevait, jusqu'à ce que ses pieds se détachent du sol. Quand Maou avait vu cela, elle s'était écriée : « Non ! Vous allez m'abîmer mon petit garçon ! » Le second capitaine riait, il balançait Fintan par la tête. « Ça leur fait du bien, Madame, ça les fait grandir ! »

Fintan s'esquivait. Quand il voyait M. Heylings, il restait à distance.

« Regarde, là-bas, c'est le canal de Porto Novo. La première fois que j'ai navigué par là, j'étais tout jeune. Mon bateau a fait naufrage. » Il montrait l'horizon, des îles perdues dans la nuit. « Notre capitaine avait bu, tu comprends, il a mis le bateau de travers sur un banc de sable, à cause de la marée. Notre bateau bouchait l'entrée du canal, plus personne ne pouvait aller à Porto Novo ! Quelle rigolade ! »

Ce soir-là, il y a eu une grande fête sur le *Surabaya*. C'était l'anniversaire de Rosalind, la femme d'un officier anglais. Le commandant avait tout préparé. Maou était assez excitée : « Tu sais, Fintan, on va danser ! Il y aura de la musique dans le salon des premières, tout le monde pourra y aller. » Ses yeux brillaient. Elle avait l'air d'une collégienne. Elle a cherché longuement dans ses affaires une robe, un cardigan, des chaussures. Elle s'est mise de la poudre, du rouge, elle a peigné longuement ses beaux cheveux.

Après six heures il faisait nuit. Les marins hollandais avaient accroché des guirlandes d'ampoules. Le *Surabaya* ressemblait à un gros gâteau. Il n'y a pas eu de dîner ce soir-là. Dans le grand salon rouge des premières, les fauteuils avaient été tirés de côté, et on avait préparé une longue table couverte par des nappes blanches. Sur la table, il y avait des bouquets de fleurs rouges, des paniers de fruits, des bouteilles, des plateaux d'amuse-gueules, des guirlandes de papier, et, dans un coin, un grand ventilateur qui faisait un bruit d'avion.

Fintan restait dans la cabine, assis sur la couchette, son cahier éclairé par la veilleuse.

« Qu'est-ce que tu fais ? » a demandé Maou. Elle s'est approchée pour lire, mais Fintan a refermé le cahier.

« Rien, rien, ce sont mes devoirs. »

Maintenant la douleur du front s'était calmée. L'air était doux et léger. La houle levait et abaissait la coque contre la jetée. L'Afrique, c'était si loin. C'était perdu dans la nuit, au bout de la jetée, dans tous les chenaux et les îles, noyés par la marée montante. L'eau du fleuve coulait doucement autour du navire. M. Heylings est venu chercher Maou. Il avait mis son bel uniforme blanc, avec ses galons, et sa casquette trop petite pour sa tête de géant.

« Tu vois, Junge — il appelait toujours Fintan

comme ça, dans sa langue —, on est déjà là-bas, dans les bras du grand fleuve Niger, cette eau qui coule ici, c'est son eau. Il y a tellement d'eau dans le fleuve Niger qu'elle dessale la mer, et quand il pleut très loin, du côté de Gao, dans le désert, la mer ici devient rouge, il y a des troncs d'arbres, et même des animaux noyés qui vont échouer sur les plages. »

Fintan regardait l'eau noire autour du *Surabaya*, comme s'il allait vraiment voir passer des noyés.

Quand la fête a commencé, Maou a entraîné Fintan dans le grand salon des premières, tout illuminé de lampes et de guirlandes. Il y avait des bouquets sur les tables, des fleurs suspendues aux poutrelles de fer. Les officiers anglais étaient habillés de blanc, ils entouraient le commandant hollandais, un gros homme barbu au visage congestionné. Malgré le ventilateur qui tournait à plein régime, il faisait très chaud, sans doute à cause de toutes les ampoules électriques. Les visages luisaient de sueur. Les femmes avaient des robes légères, décolletées, elles s'éventaient avec des éventails espagnols achetés à Dakar, ou bien avec des menus.

Près de la longue table fleurie, le colonel Metcalfe et sa femme Rosalind, les hôtes d'honneur, étaient debout, très raides dans leurs habits de cérémonie. Les stewards hollandais servaient le champagne, les jus de fruits. Maou a emmené Fintan jusqu'au buffet. Elle semblait surexcitée, presque inquiète.

« Viens, mon chéri, tu vas manger. »

« Je n'ai pas faim, Maou. »

« Mais si, il faut absolument que tu goûtes. »

La musique emplissait le salon. C'était un pick-up de taille respectable qui jouait des disques de jazz, on entendait l'éclat rauque de la voix de Billie Holiday en train de chanter *Sophisticated Lady*.

Les Anglais faisaient comme un rempart autour des époux Metcalfe. Maou s'est faufilée jusqu'au buffet, en tirant Fintan par la main. Elle avait l'air d'une petite fille. Les hommes la regardaient, Gerald Simpson chuchotait des choses à son oreille. Elle riait. Elle avait déjà bu plusieurs coupes de champagne. Fintan avait honte.

Maou lui a donné une assiette en carton contenant un drôle de fruit vert pâle, coupé en deux autour de son gros noyau obscène.

« Goûte, mon chéri. Je te dirai ce que c'est après. Goûte, tu verras comme c'est bon. »

Ses yeux brillaient. Ses beaux cheveux étaient relevés en chignon, avec des mèches folles sur sa nuque, elle avait des boucles d'oreilles rouges. Ses épaules nues étaient couleur de pain d'épice.

« Vous verrez, Onitsha est une petite ville tranquille, agréable. J'y ai fait un bref séjour avant la guerre. J'ai un de mes bons amis là-bas, le docteur Charon. Votre mari vous a peut-être parlé de lui ? »

L'affreux Simpson pérorait, un verre de champagne à la hauteur de son nez mince, comme s'il reniflait les bulles.

« Ah ! le Niger, le plus grand fleuve du monde », s'exclamait Florizel, son visage plus rouge qu'un poivron.

« Pardon, n'est-ce pas plutôt l'Amazone ? »

M. Simpson était à demi tourné vers le Belge, l'air sarcastique. « Je veux dire, le plus grand d'Afrique », corrigeait Florizel. Il s'en allait plus loin, sans écouter Simpson qui disait, de sa voix grinçante : « Pas de chance, c'est le Nil. » Un officier anglais gesticulait : « ... à la chasse aux gorilles, dans les collines d'Oban, du côté du Cameroun allemand, j'ai toute une collection de crânes chez moi, à Obudu... » Les voix parlaient en anglais, en hollandais, en français. Un brouhaha qui éclatait par instants, retombait, revenait.

Du bout de sa cuillère, Fintan goûtait au fruit pâle, écœuré, au bord de la nausée. « Goûte, mon chéri, tu verras comme c'est bon. » Les officiers anglais se pressaient contre la table, mangeaient la salade, les amuse-gueules, buvaient les verres de champagne. Les femmes transpirantes s'éventaient. Le moteur du ventilateur faisait son bruit d'avion, et le pick-up jouait un air de jazz Nouvelle-Orléans. Par-dessus tout ça, par moments, l'éclat de rire de M. Heylings, sa voix d'ogre. Puis quelqu'un s'est mis à jouer du piano, à l'autre bout du salon. L'Italien dansait avec son infirmière. M. Simpson a pris Maou par le bras, il était un peu ivre. Avec sa voix aiguë, presque sans accent, il racontait des plaisanteries. D'autres Anglais sont arrivés. Ils se sont amusés à contrefaire des voix de noirs, à dire des blagues en pidgin. M. Simpson montrait le piano :

« Big black fellow box spose white man fight him, he cry too mus ! »

Fintan avait le goût fade du fruit vert sur sa langue.

Le salon était plein de l'odeur du tabac blond. Maou riait, elle était ivre elle aussi. Ses yeux brillaient, ses épaules nues brillaient à la lumière des guirlandes. M. Simpson la tenait par la taille. Il avait cueilli une fleur rouge sur la table, faisait mine de la lui offrir, et :

« Spose Missus catch di grass, he die. »

Les éclats de rire faisaient un drôle d'écho, comme un aboiement. Maintenant il y avait un cercle autour du terrible M. Simpson. Même les époux Metcalfe l'avaient rejoint pour entendre les blagues en pidgin. L'Anglais montrait un œuf pris sur la table du buffet.

« Pickaninny stop along him fellow ! » D'autres criaient : « Maïwot ! Maïwot !... »

Fintan s'échappa au-dehors. Il avait honte. Il aurait voulu entraîner Maou avec lui, sur le pont. Tout d'un coup, il avait senti le mouvement. C'était à peine perceptible, un léger balancement, la vibration assourdie des machines, le frémissement de l'eau qui coulait le long de la coque. Dehors, la nuit était noire, les guirlandes d'ampoules accrochées aux mâts de charge brillaient comme des étoiles.

A l'avant, les marins hollandais s'activaient, remontaient les amarres. Sur la passerelle, le second capitaine Heylings était debout, son uniforme blanc luisant dans l'obscurité.

Fintan avait couru jusqu'au bout du pont, pour voir l'avant du navire. Le pont de charge se soulevait lentement dans la houle. Les feux des balises glissaient, vert à bâbord, rouge à tribord, un éclat toutes les cinq secondes, et déjà le vent de la mer soufflait, entrechoquait les guirlandes d'ampoules, portant cette fraîcheur si douce et puissante qui faisait battre le cœur. Dans la nuit, il y avait encore le bruit de la fête, le son aigrelet du piano, les voix aiguës des femmes, les éclats de rire, les applaudissements. Mais c'était loin, poussé par le vent, par la houle, et le *Surabaya* avançait, quittait la terre, en route vers d'autres ports, d'autres estuaires. On allait vers Port Harcourt, Calabar, Victoria.

En se penchant sur la lisse, Fintan aperçut les lumières de Cotonou, déjà irréelles, noyées dans l'horizon. Les îles invisibles passaient, il y avait le bruit effrayant de la mer sur les récifs. L'étrave remontait lentement le cours des vagues.

Alors, sur le pont de charge obscurci par l'éclat des lampions, Fintan découvrit les noirs installés pour le voyage. Pendant que les blancs étaient à la fête dans le salon des premières, ils étaient montés à bord, silencieux, hommes, femmes et enfants, portant leurs ballots sur leur tête, un par un sur la planche qui servait de coupée. Sous la surveillance du quartier-maître, ils avaient repris leur place sur le pont, entre les conteneurs rouillés, contre les membrures du bastingage, et ils avaient attendu l'heure du départ sans faire de bruit. Peut-être qu'un enfant avait pleuré, ou bien peut-être que le vieil homme au visage maigre, au corps couvert de haillons avait chanté sa mélopée, sa prière. Mais la musique du salon avait couvert leurs voix, et ils avaient peut-être entendu M. Simpson se moquer en imitant leur langue, et les Anglais qui criaient : « Maïwot ! Maïwot ! » et cette histoire de « Pickaninny stop along him fellow ! »

63

Fintan en ressentit une telle colère et une telle honte qu'un instant il voulut retourner dans le salon des premières. C'était comme si, dans la nuit, chaque noir le regardait, d'un regard brillant, plein de reproche. Mais l'idée de retourner dans la grande salle pleine de bruit et de l'odeur du tabac blond était insupportable.

Alors Fintan descendit dans la cabine, il alluma la veilleuse, et il ouvrit le petit cahier d'écolier sur lequel était écrit, en grandes lettres noires, UN LONG VOYAGE. Et il se mit à écrire en pensant à la nuit, pendant que le *Surabaya* glissait vers le large, chargé d'ampoules et de musique comme un arbre de Noël, soulevant lentement son étrave, pareil à un immense cachalot d'acier, emportant vers la baie du Biafra les voyageurs noirs déjà endormis.

Mardi 13 avril 1948, exactement un mois après qu'il avait quitté l'estuaire de la Gironde, le *Surabaya* entrait dans la rade de Port Harcourt, par une fin d'après-midi grise et pluvieuse, avec de lourds nuages accrochés au rivage. Sur le quai, il y avait cet homme inconnu, grand et maigre, son nez en bec d'aigle chaussé de lunettes d'acier, les cheveux clairsemés mêlés de mèches grises, vêtu d'un étrange imperméable militaire qui tombait jusqu'aux chevilles, découvrant un pantalon kaki et ces souliers noirs et brillants que Fintan avait déjà remarqués aux pieds des officiers anglais à bord du bateau. L'homme a embrassé Maou, il s'est approché de Fintan et lui a serré la main. Un peu en retrait des bâtiments de douane, il y avait une grosse Ford V 8 vert émeraude, cabossée et rouillée, le pare-brise étoilé. Maou est montée à l'avant à côté de Geoffroy Allen et Fintan s'est installé sur le siège arrière au milieu des paquets et des valises. La pluie ruisselait sur les vitres. Il y avait des éclairs, la nuit venait. L'homme s'est retourné vers Fintan, il a dit : « Tu vas bien, boy ? » La Ford a commencé à rouler sur la piste, dans la direction d'Onitsha.

Onitsha

Fintan guettait les éclairs. Assis sous la varangue, il regardait le ciel du côté du fleuve, là où l'orage arrivait. Chaque soir, c'était pareil. Au coucher du soleil, le ciel s'obscurcissait à l'ouest, du côté d'Asaba, au-dessus de l'île Brokkedon. Du haut de la terrasse, Fintan pouvait surveiller toute l'étendue du fleuve, les embouchures des affluents, Anambara, Omerun, et la grande île plate de Jersey, couverte de roseaux et d'arbres. En aval, le fleuve formait une courbe lente vers le sud, aussi vaste qu'un bras de mer avec les taches incertaines des îlots qui semblaient des radeaux à la dérive. L'orage tournoyait. Il y avait des traces sanglantes dans le ciel, des déchirures. Ensuite, très vite, le nuage noir remontait le fleuve, chassant devant lui les vols d'ibis encore éclairés par le soleil.

La maison de Geoffroy était située sur une butte qui dominait le fleuve, un peu en amont de la ville d'Onitsha, comme au cœur d'un immense carrefour des eaux. A ce moment résonnaient les premiers coups de tonnerre, mais encore loin en arrière, du côté des collines d'Ihni et de Munshi, dans la forêt. Les

69

roulements ébranlaient le sol. Il faisait très chaud et lourd.

La première fois, Maou avait serré Fintan contre elle, si fort qu'il avait senti son cœur battre contre son oreille. « J'ai peur, compte avec moi, Fintan, compte les secondes... » Elle avait expliqué que le bruit courait pour rattraper la lumière, à trois cent trente-trois mètres à la seconde. « Compte, Fintan, un, deux, trois, quatre, cinq... » Avant dix, le tonnerre grondait sous la terre, se répercutait dans toute la maison, faisait trembler le plancher sous les pieds. « Trois kilomètres », disait Fintan. Tout de suite d'autres lueurs zébraient le ciel, faisaient apparaître avec netteté l'eau du grand fleuve, les vagues, les îles, la ligne noire des palmes. « Compte, un, deux, non, plus lentement, trois, quatre, cinq... »

Les éclairs se multipliaient, jaillissaient entre les nuages, puis la pluie commençait à tomber, d'abord des coups espacés sur le toit de tôle, comme de petits cailloux roulant dans les cannelures, et le bruit grandissait, devenait éclatant, terrifiant. Fintan sentait son cœur battre plus vite. A l'abri de la varangue, il regardait le rideau sombre qui remontait le fleuve, pareil à un nuage, et la lueur des éclairs n'illuminait plus les rives ni les îles. Tout était pris, disparaissait dans l'eau du ciel, l'eau du fleuve, tout était noyé.

Immobile sous la varangue, Fintan ne pouvait pas détourner son regard. Transi, grelottant. Cherchant à respirer, comme si le nuage traversait son corps, emplissait ses poumons.

Le vacarme était partout, jusqu'au fond du ciel.

L'eau ruisselait du toit de tôle en jets puissants pulsés comme le sang, glissait sur la terre, descendait la colline vers le fleuve. Il n'y avait plus que cela, l'eau qui tombait, l'eau qui coulait.

Des cris traversaient le vacarme, sortaient Fintan de sa stupeur. Des enfants couraient dans le jardin, sur la route, leurs corps noirs brillant à la lumière des éclairs. Ils criaient le nom de la pluie : Ozoo! Ozoo!... Il y avait d'autres voix, à l'intérieur de la maison. Elijah, le cuisinier, et Maou parcouraient la maison, des seaux à la main, pour écoper. Le toit de tôle fuyait de toutes parts. Les tôles rouillées de la varangue s'incurvaient sous le poids de l'eau, et la pluie jaillissait dans les pièces, couleur de sang. Geoffroy apparut sous la varangue, torse nu, trempé des pieds à la tête, ses cheveux gris collés en mèches sur son front, les verres de ses lunettes embués. Fintan le regardait sans comprendre. « Viens, ne reste pas dehors. » Maou entraînait Fintan jusqu'à l'arrière de la maison, à la cuisine, la seule pièce où l'eau n'entrait pas. Elle avait le regard vide. Ses habits aussi étaient trempés, elle paraissait avoir peur. Fintan la serrait contre lui. Il comptait pour elle, lentement, entre chaque lueur aveuglante, « Un, deux, trois, quatre... » L'instant d'après il ne put arriver jusqu'à trois : l'éclat du tonnerre secoua la terre et la maison, tout ce qui était en verre parut se briser. Maou avait serré ses mains sur son visage, elle appuyait sur ses yeux avec les paumes de ses mains.

Puis l'orage passa. Il remontait le long du fleuve, dans la direction des collines. Fintan retourna sur la terrasse. Les îles apparaissaient à nouveau, longues et basses, pareilles à des animaux de la préhistoire. La nuit était écartée, il y avait la lumière grise d'un crépuscule. On voyait à l'intérieur de la maison, on voyait les champs d'herbes, les palmes, la ligne du fleuve. Tout d'un coup il se mit à faire chaud, un air immobile et lourd. La vapeur montait de la terre trempée. Le roulement du tonnerre avait disparu. Fintan écoutait les voix, les cris des enfants, les appels : « Aoua ! Aoua ! » Des aboiements aussi, loin, du côté de la ville.

Avec la nuit sont arrivés les cris des crapauds. Maou tressaillit en entendant Geoffroy qui mettait le moteur de la V 8 en marche. Geoffroy cria quelque chose, il allait voir les hangars, la pluie avait envahi les docks.

Les enfants s'étaient éloignés de la maison, on entendait encore leurs voix, mais ils étaient invisibles, cachés dans la nuit. Fintan descendit de la terrasse et commença à marcher dans les herbes trempées. Les éclairs étaient loin, maintenant, il y avait de temps en temps une lueur au-dessus des arbres, mais on n'entendait plus les grondements du tonnerre. La boue suçait ses pieds. Fintan ôta ses chaussures, il les accrocha autour de son cou par les lacets, comme un sauvage.

Il avança dans la nuit, à travers le jardin immense. Maou était couchée dans le hamac, dans la grande chambre vide. Elle frissonnait de fièvre, elle ne pouvait pas garder les yeux ouverts. La lumière de la lampe à pétrole posée sur la petite table brûlait ses paupières.

Elle ressentait la solitude. C'était comme un creux au fond d'elle-même, qu'elle ne parvenait pas à combler. Ou peut-être était-ce à cause de l'amibiase qui l'avait démolie deux mois après son arrivée à Onitsha. Elle ressentait une extrême dureté, une lucidité doulou-reuse. Elle savait ce qui était en elle, ce qui la trouait, et elle ne pouvait rien faire. Elle gardait à l'esprit chaque instant qui avait suivi son arrivée à Onitsha, l'installation dans la grande maison vide, juste ces murs de bois et ce toit de tôle posé sur la charpente, qui résonnait à chaque orage. Les hamacs, les lits de sangles à une place, sous la moustiquaire, comme un dortoir. Il y avait surtout cette gêne, cet homme qui était devenu un étranger, son visage durci, ses cheveux gris, son corps maigre et la couleur de sa peau. Le bonheur rêvé sur le pont du *Surabaya* n'existait pas ici. Il y avait aussi le regard de Fintan sur son père, un regard plein de méfiance et de haine instinctive, et la colère froide de Geoffroy, chaque fois que Fintan le défiait.

Maintenant, dans le silence de la nuit peu à peu revenu, troublé seulement par la stridulation des insectes et par les voix des crapauds, Maou se balançait dans son hamac en regardant la lumière de la lampe. Elle chantait à mi-voix en italien, une comptine, une ritournelle. Elle s'interrompait, elle ôtait les mains de son visage, elle disait, juste une fois, sans élever la voix :

« Fintan ? »

Elle entendait l'écho de sa voix dans la maison vide. Geoffroy était au Wharf, Elijah était parti chez lui.

Mais Fintan ? Elle n'osait pas descendre du hamac, marcher jusqu'à la petite chambre au bout du couloir, pour aller voir le hamac vide suspendu au milieu de la pièce par les anneaux fixés dans les murs. Et la fenêtre au volet ouvert sur la nuit noire.

Elle se souvenait, elle avait tellement espéré cette nouvelle vie, Onitsha, ce monde inconnu, où rien ne ressemblerait à ce qu'elle avait vécu, ni les choses, ni les gens, ni les odeurs, ni même la couleur du ciel et le goût de l'eau. C'était à cause du filtre peut-être, le grand cylindre de porcelaine blanche qu'Elijah emplissait chaque matin avec l'eau du puits, et qui sortait si fine et blanche par le robinet de laiton. Puis elle était tombée malade, elle avait cru qu'elle allait mourir de fièvre et de diarrhées, et maintenant le filtre lui faisait horreur, l'eau était si fade, elle rêvait de fontaines, de ruisseaux glacés, comme à Saint-Martin.

Il y avait ce nom, aussi, qu'elle avait répété chaque jour, pendant la guerre, à Saint-Martin, à Santa Anna, puis à Nice, à Marseille, ce nom comme une clef à tous ses rêves. Alors chaque jour elle le faisait dire en cachette à Fintan, pour que la grand-mère Aurelia et la tante Rosa ne l'entendent pas. Il prenait un air grave qui l'intimidait presque, ou lui donnait le fou rire. « Quand on sera à Onitsha... » Il disait : « Est-ce que c'est comme ça, à Onitsha ? » Mais il ne parlait jamais de Geoffroy, il ne voulait jamais dire « mon père ». Il pensait que ça n'était pas vrai. Geoffroy était simplement un inconnu qui écrivait des lettres.

Et puis elle avait décidé de partir, d'aller là-bas, le rejoindre. Elle avait tout préparé avec soin, sans rien

74

dire à personne, pas même à Aurelia. Il avait fallu établir les passeports, trouver l'argent pour les billets de bateau. Elle était allée à Nice pour vendre ses bijoux, une montre en or qui avait appartenu à son père, et des louis qu'on lui avait donnés avant son mariage. Grand-mère Aurelia ne parlait pas de Geoffroy Allen. Il était un Anglais, un ennemi. La tante Rosa était plus bavarde, elle aimait dire : *Porco inglese*. Elle s'amusait à le faire répéter par Fintan, quand il était petit. Elle avait admiré Don Benito, même quand il était devenu fou et qu'il avait envoyé les jeunes à la boucherie. Fintan répétait avec elle : *Porco inglese !* Il riait aux éclats. Il avait cinq ans. C'était un secret entre lui et Rosa. Un jour, Maou avait entendu cela, elle avait regardé la vieille fille avec des yeux pareils à deux lames bleues. « Ne fais plus jamais dire ça à Fintan, ou bien je m'en vais sur-le-champ avec lui. » Elle n'avait nulle part où aller. La tante Rosa le savait bien, elle se moquait de cette menace. L'appartement sous les toits, au numéro 18 de la rue des Accoules, n'avait que deux pièces, une cuisine étroite, peinte en jaune, qui donnait sur un puits de lumière.

Maou avait annoncé la nouvelle, à peine un mois avant le départ. Aurelia était devenue toute pâle. Elle n'avait rien dit parce qu'elle savait que ça n'était pas la peine. Elle avait demandé :

« Et Fintan ? »

« Nous partons tous les deux. »

Maou savait que la grand-mère Aurelia avait plus mal pour Fintan que pour elle. Elle savait qu'ils ne la reverraient sans doute pas. Rosa, elle, ne souffrait pas.

C'était juste du dépit. La haine de l' « Inglese ». Alors elle parlait sans arrêt, un flot d'insanités, de mots noirs, de l'acide.

Maou avait serré longuement celle qui avait été sa mère sur le seuil du petit immeuble. Dans la rue, il y avait du monde, un brouhaha de voix, de cris d'enfants, les appels des martinets. C'était le commencement de l'été. La nuit ne tombait pas. Le train partait pour Bordeaux à sept heures.

Au dernier moment, quand le taxi s'était arrêté, Aurelia ne pouvait plus supporter. Elle étouffait. Elle a balbutié : « Je viens avec toi jusqu'à Bordeaux, je t'en prie ! » Maou l'a repoussée durement : « Non, ça ne serait pas raisonnable. » Fintan avait senti l'odeur des vêtements, les cheveux de sa grand-mère. Il ne comprenait pas bien. Il se détournait, il la repoussait. Il avait arrêté son esprit. Qu'est-ce que ça voulait dire, « au revoir », quand on ne se reverrait jamais ?

Il n'avait jamais vu tant d'espace. Ibusun, la maison de Geoffroy, était située en dehors de la ville, en amont du fleuve, au-dessus de l'embouchure de la rivière Omerun, là où commençaient les roseaux. De l'autre côté de la butte, vers le soleil levant, il y avait une immense prairie d'herbes jaunes qui s'étendait à perte de vue, dans la direction des collines d'Ihni et de Munshi où s'accrochaient les nuages. Au cours d'une réception, le nouveau D.O. Gerald Simpson avait raconté à Maou que par là-bas, dans ces collines, se cachaient les derniers gorilles de plaine. Il avait entraîné Maou jusqu'à la fenêtre de la résidence, d'où on voyait les masses bleues à l'horizon. Geoffroy avait haussé les épaules. Mais c'était à cause de cela que Fintan aimait aller au début du champ d'herbes. Les collines étaient toujours sombres, mystérieuses.

A l'aube, avant même que Geoffroy ne soit levé, Fintan partait sur des sentiers à peine visibles. Avant d'arriver à la rivière Omerun, il y avait une sorte de clairière, puis il descendait vers une plage de sable. C'était là que les femmes des environs allaient se

baigner et laver le linge. Bony avait montré l'endroit à
Fintan. C'était un endroit secret, plein de rires et de
chansons, un endroit où les garçons ne pouvaient pas
se montrer sous peine d'être invectivés et battus. Les
femmes entraient dans l'eau en dénouant leurs robes,
elles s'asseyaient et elles se parlaient, avec l'eau de la
rivière qui coulait autour d'elles. Puis elles renouaient
leurs robes autour des reins, et elles lavaient le linge en
le frappant sur les roches plates. Leurs épaules brillaient, leurs seins allongés se balançaient au rythme
des coups. Le matin, il faisait presque froid. La brume
descendait lentement la rivière, rejoignait le grand
fleuve, touchait aux cimes des arbres, avalait les îles.
C'était un moment magique.

Bony était le fils d'un pêcheur. Il était venu
plusieurs fois proposer à Maou du poisson, des che-
vrettes. Il avait attendu Fintan derrière la maison, au
commencement du grand champ d'herbes jaunes. Il
s'appelait de son vrai nom Josip, ou Josef, mais comme
il était grand et maigre, on l'avait appelé Bony, c'est-à-
dire sac d'os. Il avait un visage lisse, des yeux
intelligents et rieurs. Fintan était tout de suite devenu
son ami. Il parlait pidgin, et aussi un peu de français,
parce que son oncle maternel était un Douala. Il disait
des phrases toutes faites, « ça va chef », « salut mon
pote », « crénom de nom », des choses de ce genre. Il
savait toutes sortes de jurons et de gros mots en
anglais, il avait appris à Fintan ce que c'était que
« cunt » et d'autres choses qu'il ne connaissait pas. Il
savait aussi parler par gestes. Fintan avait rapidement
appris à parler le même langage.

Bony savait tout du fleuve et des alentours. Il était capable de courir aussi vite qu'un chien, pieds nus à travers les hautes herbes. Au début, Fintan avait mis ses grosses chaussures noires et les chaussettes de laine que portaient les Anglais. Le docteur Charon avait insisté auprès de Maou : « Vous savez, ici, ce n'est pas la France. Il y a des scorpions, des serpents, les épines sont empoisonnées. Je sais ce que je dis. A Afikpo, il y a six mois, un D.O. est mort de la gangrène parce qu'il avait cru qu'en Afrique on peut se promener pieds nus dans des sandales comme à Brighton. » Mais un jour qu'il n'avait pas regardé où il mettait les pieds, Fintan avait eu les chaussettes pleines de fourmis rouges. Elles s'étaient logées dans les mailles, leurs mâchoires plantées si férocement qu'en essayant de les arracher, leurs têtes restaient dans la peau. A partir de ce jour-là, Fintan n'avait plus voulu porter ni chaussettes ni chaussures.

Bony lui avait fait toucher la plante de ses pieds, dure comme une semelle de bois. Fintan avait caché les fameuses chaussettes dans son hamac, il avait mis les grosses chaussures noires dans l'armoire métallique, et il avait marché pieds nus à travers les herbes.

A l'aube, la prairie jaune semblait une immensité. Les sentiers étaient invisibles. Bony connaissait les passages, entre les flaques de boue, entre les buissons d'épines. Les perdrix jaillissaient en crissant. Dans les clairières, ils débusquaient des troupes de pintades. Bony savait imiter les cris des oiseaux, avec des feuilles, des roseaux, ou bien simplement en mettant un doigt dans sa bouche.

Il était bon chasseur, et pourtant, il y avait certains animaux qu'il ne voulait pas tuer. Un jour, Geoffroy était sorti sur le terre-plein devant la maison. Les poules criaient parce qu'un faucon traçait des cercles dans le ciel. Geoffroy avait épaulé sa carabine, il avait tiré, et l'oiseau était tombé. Bony était à l'entrée du jardin, il avait tout vu. Il était en colère. Ses yeux ne riaient plus. Il montrait le ciel vide, là où le faucon traçait ses cercles. « Him god ! » C'est un dieu, il répétait cela. Il avait dit le nom de l'oiseau : « Ugo ». Fintan avait ressenti de la honte, de la peur aussi. C'était tellement étrange. Ugo était un dieu, c'était aussi le nom de la grand-mère de Bony, Geoffroy l'avait tué. A cause de cela, aussi, il n'avait plus voulu mettre les chaussures noires pour courir dans la plaine d'herbes. C'étaient des chaussures de *porco inglese*.

Au bout de la plaine, il y avait une sorte de clairière de terre rouge. Fintan l'avait découverte tout seul, les premiers jours où il s'était aventuré si loin. C'était la ville des termites.

Les termitières étaient construites comme des cheminées, bien droites dans le ciel, certaines plus hautes que Fintan, au centre d'une aire de terre nue et craquelée par le soleil. Il y avait un silence étrange sur cette ville, et sans savoir pourquoi, Fintan avait pris un bâton et avait commencé à frapper les termitières. C'était peut-être la peur, la solitude dans cette ville silencieuse. Les cheminées de terre durcie résonnaient comme sous des coups de canon. Le bâton rebondissait, frappait encore. Peu à peu, des brèches apparaissaient, en haut des termitières. Des pans de murs s'écroulaient en poussière, mettant à nu les galeries, répandant sur le sol les larves pâles qui se tordaient dans la terre rouge.

Fintan avait attaqué les termitières l'une après l'autre, avec sauvagerie. La sueur coulait sur son front, sur ses yeux, mouillait sa chemise. Il ne savait plus trop ce qu'il faisait. C'était pour oublier, peut-être, pour détruire. Pour réduire en poudre sa propre image. Pour effacer le visage de Geoffroy, la colère froide qui brillait parfois dans les cercles de ses lunettes.

Bony était arrivé. Une dizaine de termitières étaient éventrées. Des pans de murs restaient debout, pareils à des ruines, où les larves se tordaient à la lumière du soleil au milieu des termites aveugles. Fintan était assis par terre, les cheveux et les habits rouges de poussière, les mains endolories à force d'avoir frappé. Bony l'avait regardé. Jamais Fintan ne pourrait oublier ce regard-là. C'était la même colère que lorsque Geoffroy Allen avait tué le faucon noir. « You ravin' mad, you crazy ! » Il avait pris la terre et les larves de termites dans ses mains. « C'est dieu ! » Il avait dit cela encore en pidgin, avec le même regard sombre. Les termites étaient les gardiens des sauterelles, sans eux le monde serait ravagé. Fintan avait ressenti la même honte. Pendant des semaines Bony n'était plus venu à Ibusun. Fintan allait l'attendre en bas, sur le premier embarcadère en ruine, dans l'espoir de le voir passer sur la longue pirogue de son père.

Avant la pluie, le soleil brûlait. Les après-midi semblaient sans fin, sans un souffle. Rien ne bougeait. Maou s'allongeait sur le lit de camp, dans la chambre de passage, à cause des murs de ciment frais qui préservaient de la chaleur. Geoffroy rentrait tard, il y avait toujours des affaires qui traînaient au Wharf, les arrivages de marchandise, les réunions au Club, chez Simpson. Quand il rentrait, accablé de fatigue, il s'enfermait dans son bureau, il dormait jusqu'à six ou sept heures. Maou avait rêvé de l'Afrique, les randonnées à cheval dans la brousse, les cris rauques des fauves le soir, les forêts profondes pleines de fleurs chatoyantes et vénéneuses, les sentiers qui conduisaient au mystère. Elle n'avait pas pensé que ce serait comme ceci, les journées longues et monotones, l'attente sous la varangue, et cette ville aux toits de tôle bouillants de chaleur. Elle n'avait pas imaginé que Geoffroy Allen était cet employé des compagnies commerciales de l'Afrique de l'Ouest, passant l'essentiel de son temps à faire l'inventaire des caisses arrivées d'Angleterre avec du savon, du papier hygiénique, des boîtes de corned-beef et de la farine de force. Les fauves n'existaient pas, sauf dans les rodomontades des officiers, et la forêt avait disparu depuis longtemps, pour laisser la place aux champs d'ignames et aux plantations de palmiers à huile.

Maou n'avait pas imaginé davantage les réunions chez le D.O., chaque semaine, les hommes en tenue kaki avec leurs souliers noirs et leurs bas de laine montant jusqu'au genou, debout sur la terrasse un verre de whisky à la main, leurs histoires de bureau, et leurs femmes en robes claires et escarpins parlant de leurs problèmes de boys. Un après-midi, moins d'un mois après son arrivée, Maou avait accompagné Geoffroy chez Gerald Simpson. Il habitait une grande maison en bois non loin des docks, une maison assez vétuste qu'il avait entrepris de remettre en état. Il s'était mis dans la tête de faire creuser une piscine dans son jardin, pour les membres du club.

C'était à l'heure du thé, il faisait une chaleur assez torride. Les travailleurs noirs étaient des prisonniers que Simpson avait obtenus du résident Rally, parce qu'il n'avait pu trouver personne d'autre, ou parce qu'il ne voulait pas les payer. Ils arrivaient en même temps que les invités, attachés à une longue chaîne reliée par des anneaux à leur cheville gauche et pour ne pas tomber, ils devaient marcher du même pas, comme à la parade.

Maou était sur la terrasse, elle regardait avec étonnement ces hommes enchaînés qui traversaient le jardin, leur pelle sur l'épaule, en faisant ce bruit régulier chaque fois que les anneaux de leurs chevilles tiraient la chaîne, à gauche, à gauche. A travers leurs haillons, leur peau noire brillait comme du métal. Certains regardaient du côté de la terrasse, leurs visages étaient lissés par la fatigue et la souffrance.

Puis on avait servi la collation, à l'ombre de la varangue, de grands plats de foufou et de la viande de mouton grillée, et des verres de jus de goyave remplis de glace pilée. Sur la longue table il y avait une nappe blanche, et des bouquets de fleurs ordonnés par la femme du Résident elle-même. Les invités parlaient fort, riaient aux éclats, mais Maou ne pouvait pas quitter des yeux le groupe des forçats qui commençaient à creuser la terre, à l'autre bout du jardin. Les gardes les avaient détachés de la longue chaîne, mais ils restaient entravés par les anneaux autour de leurs chevilles. A coups de pioche et de pelle, ils ouvraient la terre rouge, là où Simpson aurait sa piscine. C'était terrifiant. Maou n'entendait rien d'autre que les coups dans la terre durcie, le bruit de la respiration des forçats, le tintement des anneaux autour de leurs chevilles. Elle sentait sa gorge se serrer, comme si elle allait pleurer. Elle regardait les officiers anglais autour de la table si blanche, elle cherchait le regard de Geoffroy. Mais personne ne faisait attention à elle et les femmes continuaient de manger et de rire. Le regard de Gerald Simpson s'arrêta un instant sur elle. Il y avait un reflet étrange dans ses yeux, derrière les verres des lunettes. Il essuyait sa petite moustache blonde avec une serviette. Maou ressentit une telle haine qu'elle dut détourner son regard.

Au bout du jardin, près du grillage qui servait

d'enclos, les noirs brûlaient sous le soleil, la sueur étincelait sur leurs dos, sur leurs épaules. Et il y avait toujours le bruit de leurs respirations, un han! de douleur chaque fois qu'ils frappaient la terre.

Tout d'un coup, Maou se leva, et la voix tremblante de colère, avec son drôle d'accent français et italien quand elle parlait en anglais, elle dit :

« Mais il faut leur donner à manger et à boire, regardez, ces pauvres gens, ils ont faim et soif! » Elle dit « fellow », comme en pidgin.

Il y eut un silence stupéfait, pendant une très longue minute, tous les visages des invités tournés vers elle et la regardant, et elle vit que même Geoffroy la considérait avec stupeur, son visage rouge, sa bouche aux coins tombants, ses mains fermées posées sur la table.

Gerald Simpson reprit ses sens le premier, il dit, simplement : « Ah oui, très juste, je suppose... »

Il appela le boy, il donna des ordres. En un instant, les gardes eurent emmené les forçats hors de vue, derrière la maison. Le D.O. dit encore, en regardant Maou avec ironie : « Eh bien, ça va mieux comme ça, n'est-ce pas, ils faisaient un foutu bruit, on va pouvoir se reposer un peu nous aussi. »

Les invités ont ri, du bout des lèvres. Les hommes ont continué à parler, à boire leur café, et à fumer des cigares, assis sur les fauteuils en rotin, au bout de la varangue. Les femmes sont restées autour de la table, à jacasser avec Mme Rally.

Alors Geoffroy prit Maou par le bras, et il la ramena dans la V8, en roulant à toute vitesse sur la piste déserte. Il n'a pas dit un seul mot, au sujet des forçats.

Mais après cela, il n'a plus jamais demandé à Maou de l'accompagner chez le D.O., ou chez le Résident. Et quand Gerald Simpson rencontrait Maou par hasard, dans la rue, ou sur le Wharf, il la saluait très froidement, son regard bleu acier n'exprimant rien, comme il se doit, à peine un léger dédain.

Le soleil cuisait la terre rouge. C'est Bony qui avait montré à Fintan. Il allait chercher la terre la plus rouge, au bord de l'Omerun, et il la rapportait toute mouillée dans un vieux pantalon dont il avait noué les jambes. Dans une clairière, à l'ombre d'un bosquet, les enfants découpaient la terre et fabriquaient de petites statuettes qu'ils mettaient à sécher au soleil. Ils faisaient des vases, des assiettes, des tasses, et aussi des figures, des masques, des poupées. Fintan faisait des animaux, des chevaux, des éléphants, un crocodile. Bony faisait plutôt des hommes et des femmes, debout sur un socle de terre, avec une brindille pour colonne vertébrale, et de l'herbe sèche pour les cheveux. Il représentait avec précision les traits du visage, les yeux en amande, le nez, la bouche, ainsi que les doigts des mains et les orteils des pieds. Pour les hommes, il faisait un sexe dressé vers le haut, et pour les femmes, les boutons des seins et le pubis, un triangle fendu au milieu. Ça les faisait rire.

Un jour, en urinant ensemble dans les hautes herbes, Fintan avait vu le sexe de Bony, long et terminé par un bout rouge comme une blessure. C'était la première fois qu'il voyait un sexe circoncis.

Bony urinait accroupi comme une fille. Comme Fintan restait debout, il s'était moqué de lui. Il avait dit : « Cheese. » Après, il répétait cela souvent, quand Fintan faisait quelque chose qui ne lui plaisait pas. « Qu'est-ce que ça veut dire, "cheese", Maou ? » « C'est fromage en anglais. » Mais ça n'expliquait rien. Plus tard, Bony avait dit que les sexes non circoncis étaient toujours sales, sous la petite peau il y avait quelque chose qui ressemblait à du fromage.

Les après-midi glissaient avec le soleil sur le ciment de la terrasse. Fintan ramenait les statues et les pots à cuire, et il les regardait si longtemps que tout devenait noir et brûlé, dans le genre des ombres sur la neige.

Les nuages s'amoncelaient au-dessus des îles. Quand l'ombre atteignait Jersey et Brokkedon, Fintan savait que la pluie était proche. Alors, Asaba au nom de serpent, sur l'autre rive, là où bruissaient les scieries, allumait ses lumières électriques. La pluie commençait à tomber sur le ciment de la terrasse, si chaud que la vapeur montait aussitôt dans l'air. Les scorpions fuyaient vers les trous des pierres, sous les fondations. Les gouttes épaisses tombaient sur les poteries et les statues, faisaient jaillir des taches de sang. C'étaient des villes qui s'effondraient, des villes entières avec leurs maisons, leurs bassins, les statues de leurs dieux. Le dernier, parce qu'il était le plus grand, celui que Bony appelait Orun, restait debout au milieu des décombres. Sa colonne vertébrale saillait de son dos, son sexe s'effaçait, il n'avait plus de visage.

« Orun, Orun ! » criait Fintan. Bony disait que Shango avait tué le soleil. Il disait que Jakuta, le jeteur de pierres, avait enseveli le soleil. Il avait montré à Fintan comment on danse sous la pluie, le corps brillant comme du métal, les pieds rouges du sang des hommes.

La nuit, il se passait des choses bizarres, effrayantes. On ne savait quoi, on ne voyait pas, mais ça rôdait autour de la maison, ça marchait au-dehors, dans les herbes du jardin, et plus loin, du côté de la pente, dans les marécages de l'Omerun. Bony disait que c'était Oya, la mère des eaux. Il disait que c'était Asaba, le grand serpent qui vit dans les failles, du côté du soleil levant. Il fallait leur parler, à voix basse, dans la nuit, et ne pas oublier de laisser un cadeau, caché dans l'herbe, sur une feuille de plantain, des fruits, du pain, même de l'argent.

Geoffroy Allen était absent, il rentrait tard. Il allait chez Gerald Simpson, chez le juge, il allait à la grande réception chez le Résident, en honneur du commandant du 6ᵉ bataillon d'Enugu. Il rencontrait les autres représentants des compagnies marchandes, la Société commerciale de l'Afrique de l'Ouest, Jackel & Co, Ollivant, Chanrai & Co, John Holt & Co, African Oil Nuts. C'étaient des noms étranges pour Fintan, quand Geoffroy parlait avec Maou, des noms de gens inconnus, qui achetaient et vendaient, qui envoyaient des bordereaux, des télégrammes, des injonctions. Il y avait un nom surtout, United Africa, Fintan l'avait vu sur les colis que Geoffroy envoyait en France, des confitures d'Afrique du Sud, des boîtes de thé, de la cassonade. A Onitsha ce nom était partout, sur les feuilles de papier dans le bureau de Geoffroy, sur les cantines de métal noir, sur les plaques de cuivre accrochées aux bâtiments, sur le Wharf. Sur le bateau qui venait chaque semaine apporter les marchandises et le courrier.

La nuit, la pluie tombait doucement sur le toit de tôle, glissait dans les gouttières, emplissait les grands tambours peints en rouge sur lesquels étaient tendus les écrans de toile bise pour empêcher les moustiques de pondre. C'était la chanson de l'eau, Fintan se souvenait, autrefois, à Saint-Martin, il rêvait les yeux ouverts sous la moustiquaire pâle, en regardant vaciller la flamme de la lampe Punkah. Sur les murs, les lézards transparents avançaient brusquement, puis s'alourdissaient en poussant un petit cri de satisfaction.

Fintan guettait le bruit de la V 8 qui montait le raidillon empierré jusqu'à la maison. Parfois, dans les herbes, il y avait les cris rauques des chats sauvages qui poursuivaient la chatte Mollie, le sifflement indiscret d'une chouette dans les arbres, la voix pleurnicharde des engoulevents. Il lui semblait alors qu'il n'y avait rien ailleurs, rien nulle part, qu'il n'y avait jamais eu rien d'autre que le fleuve, les cases aux toits de tôle, cette grande maison vide peuplée de scorpions et de margouillats, et l'immense étendue d'herbes où

91

rôdaient les esprits de la nuit. C'était cela qu'il avait pensé, quand il était monté dans le train et que le quai de la gare s'était éloigné en emportant grand-mère Aurelia, tante Rosa comme de vieilles poupées. Puis dans la cabine du *Surabaya,* quand il avait commencé à écrire cette histoire, UN LONG VOYAGE, avec le bruit lancinant des marteaux sur les membrures rouillées.

Maintenant il savait qu'il était au cœur même de son rêve, dans l'endroit le plus brûlant, le plus âpre, comme dans le lieu où tout le sang de son corps affluait et refluait.

La nuit, il y avait les roulements des tambours. Cela commençait vers la fin de l'après-midi, quand les hommes étaient revenus du travail, et que Maou était assise sous la varangue, à lire ou à écrire dans sa langue. Fintan s'allongeait sur le plancher, torse nu à cause de la chaleur. Il descendait les marches et il se suspendait à la barre du trapèze que Geoffroy avait accroché au toit de la varangue. Avec une brindille, il s'amusait à soulever le tapis au bas de l'escalier, pour regarder s'agiter les scorpions. Quelquefois il y avait une femelle avec les petits accrochés sur son dos.

Les épars zébraient le ciel qui s'obscurcissait, et sans qu'on sache comment, soudain le roulement des tambours était là, à la fois très lointain, étouffé, et en même temps on se rendait compte qu'il avait commencé depuis un bon moment, de l'autre côté du grand fleuve, à Asaba peut-être, plus près maintenant, plus fort, insistant, venant de l'est, du village d'Omerun, et Maou redressait la tête en cherchant à entendre.

Dans la nuit, c'était un bruit étrange, très doux, une palpitation, un froissement léger comme s'il calmait la violence des coups de tonnerre. Fintan aimait écouter le roulement, il pensait à Orun, au seigneur Shango, c'était pour eux que les hommes faisaient cette musique.

La première fois que Fintan avait entendu les tambours, il s'était serré contre Maou, parce qu'elle avait peur. Elle avait dit quelque chose, pour se rassurer, « Il y a une fête dans un village, écoute... » Ou peut-être qu'elle n'avait rien dit, puisque ça n'était pas comme le tonnerre, on ne pouvait pas compter les secondes. Presque chaque soir, il y avait cette trépidation légère, cette voix qui venait de partout, de la rivière Omerun, des collines, de la ville, même de la scierie d'Asaba. C'était la fin des pluies, les éclairs s'effaçaient.

Maou était seule avec Fintan. Geoffroy rentrait toujours si tard. Quand elle pensait que Fintan s'était endormi dans son lit, Maou quittait le hamac, elle marchait pieds nus à travers la grande maison vide, en s'éclairant à la torche électrique à cause des scorpions. Sous la varangue, il n'y avait que la lumière vacillante d'une veilleuse. Maou s'asseyait dans un fauteuil, au bout de la terrasse pour essayer de voir la ville et le fleuve. Les lumières brillaient au-dessus de l'eau, et quand il y avait encore un éclair, elle voyait la surface dure et lisse comme du métal, les feuillages fantasmagoriques des arbres. Elle frissonnait, mais ça n'était pas la peur, c'était la fièvre plutôt, le goût amer de la quinine dans son corps.

Elle attendait chaque saute dans le bruit doux des tambours. Dans le silence, la nuit brillait encore plus. Autour d'Ibusun, les insectes crissaient, les aboiements des crapauds enflaient, puis s'arrêtaient eux aussi. Maou restait longtemps, des heures peut-être, sans bouger dans son fauteuil de rotin. Elle ne pensait à rien. Elle se souvenait, c'est tout. L'enfant qui grandissait dans son ventre, l'attente à Fiesole, le silence. Les lettres d'Afrique qui n'arrivaient pas. La naissance de Fintan, le départ pour Nice. Il n'y avait plus d'argent, il fallait travailler, coudre à domicile, faire les ménages. La guerre. Geoffroy avait écrit juste une lettre, pour dire qu'il allait traverser le Sahara jusqu'à Alger, pour venir la chercher. Puis plus rien. Les Allemands convoitaient le Cameroun, ils bloquaient les mers. Avant de partir pour Saint-Martin, elle avait reçu un message, un livre déposé devant sa porte. C'était le roman de Margaret Mitchell, c'était l'année où ils s'étaient rencontrés à Fiesole, elle l'emportait partout où elle allait, un livre cartonné recouvert de toile bleue, imprimé très fin. Quand Geoffroy était parti pour l'Afrique, elle le lui avait donné, et maintenant, il était là, devant sa porte, un message venu de nulle part. Elle n'avait rien dit à Aurelia, ni à Rosa. Elle avait trop peur qu'elles ne lui disent que ça signifiait que l'Anglais était mort, quelque part, en Afrique.

Les cris des crapauds, les crissements des insectes, le roulement infatigable des tambours, de l'autre côté du fleuve. C'était une autre musique. Maou regardait ses mains, elle bougeait chaque doigt. Elle se rappelait le clavier du piano, à Livourne, lourd et chamarré comme un catafalque. C'était il y a si longtemps. La nuit, les sons lointains du piano pouvaient revenir. Quand elle était arrivée, la première semaine à Onitsha, elle avait découvert avec bonheur le piano du Club, dans la grande salle adjacente à la maison du D. O. Simpson, où les Anglais allaient s'asseoir pour lire interminablement leur *Nigeria Gazette* et leur *African Advertiser*. Elle s'était installée sur le tabouret, elle avait soufflé la poussière rouge accrochée au couvercle, et elle avait joué quelques notes, quelques mesures des *Gymnopédies* ou des *Gnossiennes*. Le son du piano éclatait jusque dans les jardins. Elle s'était retournée, et elle avait vu tous ces visages immobiles, elle avait senti ces regards, ce silence glacé. Les serviteurs noirs du Club étaient arrêtés sur le seuil, figés de stupeur. Non seulement une femme était entrée dans le Club, mais en plus elle jouait de la musique ! Maou était sortie rouge de honte et de colère, elle avait marché vite, elle avait couru dans les rues poussiéreuses de la ville. Elle se souvenait de la voix de Gerald Simpson sur le bateau, contrefaisant les noirs : « Spose Missus he fight black fellow he cry too mus ! » Quelque temps plus tard, elle était venue jusqu'à la porte du Club, pour chercher Geoffroy, et elle avait vu que le piano noir avait disparu. A sa place, il y avait une table et un bouquet, œuvre probable de Mme Rally.

Elle attendait dans la nuit, les mains appuyées sur son visage pour ne pas voir la lueur vacillante de la lampe. La nuit, quand tous les bruits humains s'éteignaient, il restait le léger roulement des tambours intermittents, et elle croyait entendre le bruit du grand fleuve, comme la mer. Ou bien c'était le souvenir du bruit des vagues à San Remo, dans la chambre aux volets entrouverts. La mer la nuit, quand il faisait trop chaud pour dormir. Elle avait voulu montrer à Geoffroy le pays où elle était née, Fiesole, dans les collines douces près de Florence. Elle savait bien qu'elle ne retrouverait plus rien, plus personne, pas même le souvenir de son père et de sa mère qu'elle n'avait jamais connus. Peut-être était-ce pour cela que Geoffroy l'avait choisie, parce qu'elle était seule, qu'elle n'avait pas eu, comme lui, une famille à renier. Grand-mère Aurelia, à Livourne, à Gênes, n'avait été qu'une nourrice, et la tante Rosa n'avait jamais été sa sœur, juste une vieille fille aigrie et méchante avec qui Aurelia partageait sa vie. Maou avait rencontré Geoffroy Allen au printemps 1935, à Nice, où il voyageait après avoir terminé à Londres ses études d'ingénieur. Il était grand, mince, romantique, sans argent, et sans famille comme elle, puisqu'il s'était séparé de ses parents. Elle était folle de lui, et elle l'avait suivi en Italie, à San Remo, à Florence. Elle n'avait que dix-huit ans, mais elle avait déjà l'habitude de tout décider pour elle-même. Elle avait voulu cet enfant, tout de suite, pour elle, pour ne plus être seule, sans rien dire à personne.

C'était bien de repenser à ce temps-là, dans le silence de la nuit. Elle se souvenait de ce qu'il racontait alors, de sa fièvre de partir, pour l'Égypte, pour le

Soudan, pour aller jusqu'à Meroë, suivre cette trace. Il ne parlait que de cela, du dernier royaume du Nil, de la reine noire qui avait traversé le désert jusqu'au cœur de l'Afrique. Il parlait de cela comme si rien du monde présent n'avait d'importance, comme si la lumière de la légende brillait plus que le soleil visible.

A la fin de l'été ils s'étaient mariés, alors que l'enfant déjà grandissait dans le ventre de Maou. Aurelia avait donné l'autorisation, elle savait bien que rien ne pouvait l'empêcher. Mais Rosa avait dit « Porco inglese », parce qu'elle était jalouse, elle qui n'avait pas trouvé à se marier.

Geoffroy Allen était parti tout de suite pour l'Afrique de l'Ouest, pour le fleuve Niger. Il avait posé sa candidature pour un poste dans la United Africa Company, et il avait été engagé. Là-bas, il allait faire des affaires, acheter et vendre, et surtout il pourrait suivre le cours de son rêve, remonter le temps jusqu'à l'endroit où la reine de Meroë avait fondé sa nouvelle cité.

Maou avait gardé toutes ses lettres. Elle était prise d'un tel frisson d'enthousiasme qu'elle les lisait à haute voix, seule dans sa chambre, à Nice.

La guerre était en Espagne, en Érythrée, le monde était pris de folie, mais rien n'avait d'importance. Geoffroy était là-bas, sur le bord du grand fleuve, il allait découvrir le secret de la dernière reine de Meroë. Il préparait le voyage de Maou, il disait : « Quand nous serons réunis à Onitsha... » La tante Rosa grinçait : « Porco inglese, il est fou ! Au lieu de venir s'occuper de toi ! Avec l'enfant qui va naître ! »

L'enfant était né en mars, Maou avait écrit alors une longue lettre, presque un roman, pour tout lui raconter, la naissance, le nom qu'elle avait choisi à cause de l'Irlande, la vie future. Mais la réponse avait tardé. Il y avait les grèves, on s'enlisait. L'argent manquait. On parlait de plus en plus de la guerre, il y avait des défilés dans les rues de Nice contre les Juifs, les journaux étaient pleins de haine.

Quand l'Italie était entrée en guerre, il avait fallu fuir Nice, trouver un refuge dans la montagne, à Saint-Martin. A cause de Geoffroy, il fallait se cacher, changer de nom. On parlait des camps de prisonniers où on enfermait les Anglais, à Borgo San Dalmazzo.

Il n'y avait plus d'avenir. Il n'y avait que le silence quotidien, qui consumait l'histoire. Maou pensait à la reine noire de Meroë, à l'impossible voyage à travers le désert. Pourquoi Geoffroy n'était pas là ?

C'étaient les années lointaines, étrangères. Maintenant, Maou avait rejoint le fleuve, elle était venue, enfin, dans ce pays dont elle avait rêvé si longtemps. Et tout était si banal. Ollivant, Chanrai, United Africa, est-ce que c'était pour ces noms-là qu'on avait vécu ?

L'Afrique brûle comme un secret, comme une fièvre. Geoffroy Allen ne peut pas détacher son regard, un seul instant, il ne peut pas rêver d'autre rêve. C'est le visage sculpté des marques *itsi*, le visage masqué des Umundri. Sur les quais d'Onitsha, le matin, ils attendent, immobiles, en équilibre sur une jambe, pareils à des statues brûlées, les envoyés de Chuku sur la terre.

C'est pour eux que Geoffroy est resté dans cette ville, malgré l'horreur que lui inspirent les bureaux de la United Africa, malgré le Club, malgré le résident Rally et sa femme, leurs chiens qui ne mangent que du filet de bœuf et qui dorment sous des moustiquaires. Malgré le climat, malgré la routine du Wharf. Malgré la séparation d'avec Maou, et ce fils né au loin, qu'il n'a pas vu grandir, pour qui il n'est qu'un étranger.

Eux, chaque jour, sur le quai, dès l'aube, attendent on ne sait quoi, une pirogue qui les emmènerait en amont, qui leur apporterait un message mystérieux. Puis ils s'en vont, ils disparaissent, en marchant à travers les hautes herbes, vers l'est, sur les chemins d'Awgu, d'Owerri. Geoffroy essaye de leur parler, quelques mots d'ibo, des phrases en yoruba, en pidgin, et eux, toujours silencieux, non pas hautains, mais absents, disparaissant vite à la file indienne le long du fleuve, se perdant dans les hautes herbes jaunies par la sécheresse. Eux, les Umundri, les Ndinze, les « ancêtres », les « initiés ». Le peuple de Chuku, le soleil, entouré de son halo comme un père est entouré de ses enfants.

C'est le signe *itsi*. C'est lui que Geoffroy a vu, sur les visages, la première fois qu'il est arrivé à Onitsha. Le signe gravé dans la peau des visages des hommes, comme une écriture sur la pierre. C'est le signe qui est entré en lui, l'a touché au cœur, l'a marqué, lui aussi, sur son visage trop blanc, sur sa peau où manque depuis sa naissance la trace de la brûlure. Mais à présent il

100

ressent cette brûlure, ce secret. Hommes et femmes du peuple Umundri, dans les rues d'Onitsha, ombres absurdes errant dans les allées de poussière rouge, entre les bosquets d'acacia, avec leurs troupeaux de chèvres, leurs chiens. Seuls certains d'entre eux portent sur le visage le signe de leur ancêtre Ndri, le signe du soleil.

Autour d'eux il y a le silence. Un jour, pourtant, un vieil homme, nommé Moïses, qui se souvient d'Aro Chuku et de l'oracle, a raconté à Geoffroy l'histoire du premier Eze Ndri, à Aguleri : en ce temps-là, dit-il, il n'y avait pas de nourriture, les hommes étaient obligés de manger la terre et les herbes. Alors Chuku, le soleil, envoya du ciel Eri et Namaku. Mais Ndri ne fut pas envoyé du ciel. Il dut attendre sur une fourmilière, car la terre n'était qu'un marécage. Il se plaignait : pourquoi mes frères ont-ils à manger ? Chuku envoya un homme d'Awka, avec les outils de la forge, le soufflet, la braise, et l'homme put sécher la terre. Eri et Namaku étaient nourris par Chuku, ils mangeaient ce qu'on appelle Azu Igwe, le dos du ciel. Ceux qui en mangeaient ne dormaient jamais.

Puis Eri mourut, et Chuku cessa

d'envoyer Azu Igwe, le dos du ciel. Ndri avait faim, il gémissait. Chuku dit : Obéis-moi sans penser, et tu recevras ta nourriture. Que dois-je faire ? demanda Ndri. Chuku dit : Tu dois tuer ton fils et ta fille aînés, et les enterrer. Ndri répondit : Ce que tu me demandes est terrible, je ne puis le faire. Alors Chuku envoya Dioka à Ndri, et Dioka était le père des Initiés, celui qui avait gravé le premier signe *itsi* sur les visages. Et Dioka marqua le visage des enfants. Alors Chuku dit à Ndri : Maintenant, fais ce que je t'ai ordonné. Et Ndri tua ses enfants et pour eux il creusa deux tombes. Trois semaines de quatre jours passèrent, et de jeunes pousses apparurent sur les tombes. Sur la tombe de son fils aîné, Ndri déterra une igname. Il la fit cuire et la mangea, et c'était excellent. Puis il tomba dans un sommeil profond, si profond que tout le monde le croyait mort.

Le lendemain, sur la tombe de sa fille, Ndri déterra une racine koko, il la mangea et s'endormit de nouveau. Pour cela, on appelle l'igname fils de Ndri, et la racine koko fille de Ndri.

Voilà pourquoi, aujourd'hui encore, l'Eze Ndri doit marquer le visage de son fils et de sa fille aînés du signe *itsi*, en mémoire des premiers enfants qui apportèrent dans leur mort la nourriture aux hommes.

Alors quelque chose s'ouvre dans le cœur de Geoffroy. C'est le signe marqué sur la peau du visage, gravé au couteau et saupoudré de cuivre. Le signe qui fait des jeunes hommes et des jeunes femmes les enfants du soleil.

Sur le front, les signes du soleil et de la lune.

Sur les joues, les plumes des ailes et de la queue du faucon.

Le dessin du ciel, afin que ceux qui le reçoivent ne connaissent plus la peur, ne craignent plus la souffrance. Le signe qui libère ceux qui le portent. Les ennemis ne peuvent plus les tuer, les Anglais ne peuvent plus les enchaîner et les faire travailler. Ils sont les créatures de Chuku, les fils du soleil.

Tout à coup, Geoffroy ressent un vertige. Il sait pourquoi il est venu ici, dans cette ville, sur ce fleuve. Comme si depuis toujours le secret devait le brûler. Comme si tout ce qu'il a vécu et rêvé n'est plus rien devant le signe gravé sur le front des derniers Aros.

C'était la saison rouge, la saison d'un vent qui gerçait les rives du fleuve. Fintan allait de plus en plus loin, à l'aventure. Quand il avait fini de travailler l'anglais et le calcul avec Maou, il s'élançait à travers le champ d'herbes, il descendait jusqu'à la rivière Omerun. Sous ses pieds nus la terre était brûlée et craquante, les arbustes étaient noircis par le soleil. Il écoutait le bruit de ses pas résonner au-devant de lui, dans le silence de la savane.

A midi, le ciel était nu, il n'y avait plus de nuages au-dessus des collines, à l'est. Seulement quelquefois, au crépuscule, les nuages se gonflaient du côté de la mer. La plaine d'herbes paraissait un océan de séche-resse. Quand il courait, les longues herbes durcies frappaient son visage et ses mains comme des lanières. Il n'y avait pas d'autre bruit que les coups de ses talons sur le sol, les coups de son cœur dans sa poitrine, le raclement de son souffle.

Maintenant, Fintan avait appris à courir sans fatigue. La plante de ses pieds n'était plus cette peau pâle et fragile qu'il avait libérée de ses souliers. C'était

104

une corne dure, couleur de la terre. Ses orteils aux ongles cassés s'étaient écartés pour mieux s'agripper au sol, aux pierres, aux troncs d'arbres.

Les premiers temps, Bony se moquait de lui et de ses chaussures noires. Il disait : « Fintan pikni ! » Les autres garçons riaient avec lui. Maintenant, il pouvait courir comme les autres, même sur les épines ou sur les fourmilières.

Le village de Bony s'étendait le long de l'embouchure de l'Omerun. L'eau de la rivière était transparente et lisse, elle reflétait le ciel. Fintan n'avait jamais vu un endroit aussi beau. Dans le village, il n'y avait pas de maisons d'Anglais, ni même de cases de tôle, comme à Onitsha. L'embarcadère était simplement fait de boue durcie, et les huttes avaient des toits de feuilles. Les pirogues étaient au sec sur la plage, là où les jeunes enfants jouaient, où les vieux réparaient les filets et les lignes. En amont, il y avait une plage de graviers et de galets où les femmes lavaient le linge et se lavaient, au crépuscule.

Quand Fintan arrivait là, les femmes lui criaient des injures, lui jetaient des cailloux. Elles riaient, elles se moquaient de lui dans leur langue. Alors Bony lui avait montré le passage à travers les roseaux, au bout de la plage.

Les jeunes filles étaient très belles, longues, étincelantes dans l'eau de la rivière. Il y avait une femme étrange que Bony l'emmenait voir, chaque fois, à travers les roseaux. La première fois qu'il l'avait vue, c'était peu de temps après son arrivée, il pleuvait encore. Elle n'était pas avec les autres filles, mais un peu à l'écart, elle se baignait dans la rivière. Elle avait un visage d'enfant, très lisse, mais son corps et ses seins étaient ceux d'une femme. Ses cheveux étaient serrés dans un foulard rouge, elle portait un collier de cauris autour du cou. Les autres filles et les enfants se moquaient d'elle, ils lui jetaient de petites pierres, des noyaux. Ils avaient peur d'elle. Elle n'était de nulle part, elle était arrivée un jour, à bord d'une pirogue qui venait du sud, et elle était restée. Elle s'appelait Oya. Elle portait la robe bleue des missions, et un crucifix autour du cou. On disait que c'était une prostituée de Lagos, qu'elle avait été en prison. On disait qu'elle allait souvent sur l'épave du bateau anglais, accrochée au bout de l'île Brokkedon, au milieu du fleuve. C'était pour cela que les filles se moquaient d'elle et lui jetaient des noyaux.

Bony et Fintan venaient souvent sur la petite plage, à l'embouchure de l'Omerun, pour épier Oya. C'était un endroit sauvage avec des oiseaux, des grues, des hérons. Le soir, le ciel devenait jaune, les plaines d'herbes s'assombrissaient. Fintan s'inquiétait. Il appelait Bony à voix basse : « Viens ! Partons maintenant ! »

Bony guettait Oya. Elle était nue au milieu de la rivière, elle se lavait, elle lavait ses vêtements. Le cœur de Fintan battait fort, pendant qu'il la regardait à travers les roseaux. Bony était devant lui, pareil à un chat à l'affût.

Ici, au milieu de l'eau, Oya n'avait pas l'air de la folle à qui les enfants jetaient des noyaux. Elle était belle, son corps brillait dans la lumière, ses seins étaient gonflés comme ceux d'une vraie femme. Elle tournait vers eux son visage lisse, aux yeux allongés. Peut-être qu'elle savait qu'ils étaient là, cachés dans les roseaux. Elle était la déesse noire qui avait traversé le désert, celle qui régnait sur le fleuve.

Un jour, Bony osa s'approcher d'Oya. Quand il arriva sur la plage, la jeune fille le regarda sans crainte. Simplement elle prit sa robe mouillée sur le rivage et elle l'enfila. Puis elle se glissa au milieu des roseaux, jusqu'au chemin qui remontait vers la ville. Bony était avec elle.

Fintan marcha un instant sur la plage. Le soleil de la fin de l'après-midi éblouissait. Tout était silencieux et vide, il y avait seulement le bruit de l'eau de la rivière et, de temps en temps, une note brève d'oiseau. Fintan avança dans les hautes herbes, le cœur battant. Tout à coup, il vit Oya. Elle était couchée par terre, et Bony la tenait, comme s'il luttait avec elle. Elle avait renversé son visage, dans ses yeux dilatés il y avait la peur. Elle ne criait pas, seulement elle soufflait fort, comme un appel sans voix. Tout d'un coup, sans comprendre ce qu'il faisait, Fintan s'élança sur Bony, il le frappa à coups de poing et à coups de pied, avec la colère d'un enfant qui cherche à faire mal à quelqu'un de plus grand que lui. Bony se retira en arrière. Son sexe était bandé. Fintan continuait à frapper, alors Bony le repoussa violemment du plat des mains. Sa voix était basse, étouffée par la colère. « Pissop fool, you gughe ! »

Oya s'était glissée sur l'herbe, sa robe était tachée de boue, son visage exprimait la haine, la colère. D'un bond elle se jeta sur Fintan et elle le mordit à la main, si fort qu'il cria de douleur. Puis elle s'enfuit vers le haut de la colline.

Fintan alla laver sa main dans la rivière. Les dents d'Oya avaient laissé une marque profonde, en demi-cercle. L'eau de la rivière brillait avec l'éclat du métal, il y avait un voile blanc qui brouillait les cimes des arbres. Quand il se retourna, Bony avait disparu.

Fintan retourna en courant jusqu'à Ibusun. Maou attendait sous la varangue. Elle était pâle, ses yeux étaient cernés.

« Qu'est-ce que tu as, Maou ? »

« Où étais-tu ? »

« En bas, à la rivière. »

Il cachait la blessure de sa main. Il n'aurait pas voulu qu'elle sache, il avait honte. C'était un secret. Bony ne devait jamais venir à Ibusun.

« Je ne te vois plus, tu t'en vas tout le temps. Tu sais que ton père ne veut pas que tu ailles avec ce garçon, ce Bony. »

Maou connaissait Bony. Elle l'avait vu sur le môle, quand il aidait son père à décharger le poisson. Elijah ne l'aimait pas. C'était un étranger, il était de la côte, de Degema, de Victoria.

Fintan allait dans sa chambre, il prenait le fameux cahier d'écolier, il écrivait UN LONG VOYAGE. Maintenant, la reine noire s'appelait Oya, c'était elle qui gouvernait la grande ville au bord du fleuve, là où Esther arrivait. Pour elle, il écrivait en pidgin, il inventait une langue. Il parlait avec des signes.

Maou allumait la lampe à pétrole, sur la terrasse.

Elle regardait la nuit. Elle aimait quand l'orage arrivait, c'était une délivrance. Elle attendait le bruit de la V 8 qui montait le raidillon vers Ibusun. Fintan venait jusqu'à elle, silencieusement. C'était comme au lendemain de leur arrivée à Onitsha. Ils étaient seuls dans la nuit. Ils se serraient fort, les yeux pleins d'éclairs, en comptant lentement les secondes.

Sabine Rodes habitait une sorte de château de bois et de tôle peint en blanc, à l'autre bout de la ville, au-dessus du vieil embarcadère, là où les pêcheurs tiraient leurs pirogues à sec sur la plage de vase. La première fois que Fintan était entré dans sa maison, c'était avec Maou, peu de temps après leur arrivée. Geoffroy allait presque quotidiennement lui rendre visite à ce moment-là. Il allait consulter des livres, des cartes, pour sa recherche. Sabine Rodes avait une bibliothè-que très fournie en livres sur l'archéologie et l'anthro-pologie de l'Afrique de l'Ouest, et une collection d'objets et de masques du Bénin, du Niger, même des Baoulé du Sénégal.

Maou avait été d'abord amusée de rencontrer Rodes. Il était un peu comme elle, en marge de la société respectable d'Onitsha. Puis, brusquement, elle l'avait haï très fort, sans que Fintan ait pu deviner la raison. Elle avait cessé d'accompagner Geoffroy quand il allait lui rendre visite, et elle avait même défendu à Fintan d'y retourner, sans rien expliquer, avec la voix brève et définitive qu'elle prenait quand quelqu'un lui déplaisait.

Geoffroy avait continué à aller à la maison blanche, à l'entrée de la ville. Sabine Rodes était un homme trop séduisant pour qu'on pût cesser de le voir ainsi. Fintan allait, lui aussi, jusqu'à la grande maison, en cachette de Maou. Il frappait à la grande porte, il entrait dans le jardin. C'est là qu'il avait revu Oya.

Sabine Rodes vivait seul dans cette maison, un ancien bâtiment des douanes, du temps des « consulats du fleuve ». Un jour, il fit entrer Fintan dans sa maison. Il lui montra les marques des balles encore incrustées dans le bois de la façade, un souvenir du temps de Njawhaw, les « Destructeurs ». Fintan suivit Sabine Rodes, le cœur battant. La grande maison craquait comme la coque d'un navire. La charpente était mangée par les termites, rafistolée avec des pièces de zinc. Ils entrèrent dans une immense pièce aux volets fermés, dont les murs de bois étaient peints de couleur crème, avec une bande couleur chocolat à la base. Dans la pénombre, Fintan aperçut une foule d'objets extraordinaires, des peaux sombres de léopard de forêt accrochées aux murs, entourées de cuir tressé, des panneaux sculptés, des trônes, des tabourets, des statues baoulé aux yeux étirés, des boucliers bantous, des masques fang, des carafes incrustées de perles, des tissus. Un tabouret en ébène était orné d'hommes et de femmes nus, un autre était décoré d'organes sexuels alternativement masculins et féminins, sculptés en relief. Il y avait une odeur étrange, de cuir de Russie, d'encens, de bois de santal.

« Personne n'entre jamais ici, dit Sabine. Sauf ton

père, de temps en temps, pour voir ses dieux d'Égypte. Et Okawho. » Okawho était le domestique noir de Rodes, un jeune homme silencieux qui glissait pieds nus sur le plancher. Fintan était étonné de voir son visage, pareil aux masques de la grande pièce sombre : un visage allongé, au front bombé, aux yeux obliques. Ses joues et son front étaient incisés de marques violettes. Il avait des bras et des jambes interminables, des mains aux doigts effilés. « C'est mon fils, dit Rodes. Tout ce qui est ici est à lui. »

Quand Fintan passa devant lui, le jeune homme s'écarta, s'effaça comme une ombre. La sclérotique de ses yeux brillait dans l'obscurité, il se confondait avec les statues.

Sabine Rodes était l'homme le plus étrange que Fintan ait jamais rencontré. Il était sans aucun doute l'homme le plus détesté de la petite communauté européenne d'Onitsha. Toutes sortes de légendes couraient à son sujet. On disait qu'il avait été acteur dans la troupe de l'Old Vic de Bristol, qu'il s'était engagé dans l'armée. On racontait qu'il avait travaillé comme espion, et qu'il avait gardé encore des relations au secrétariat à la Défense. A quarante-deux ans c'était un homme mince, à l'allure d'un adolescent mais avec une chevelure déjà grise. Il avait un beau visage régulier, des yeux bleu-gris au regard perçant, deux rides marquées de chaque côté de la bouche qui lui donnaient une expression d'ironie et de gaieté, alors qu'il ne riait jamais.

Il était très différent des autres Anglais, et c'était cela sans doute qui avait attiré Geoffroy. Il était généreux, moqueur, enthousiaste, et aussi coléreux, cynique, menteur. On disait qu'il avait réalisé plusieurs canulars remarquables, allant jusqu'à faire croire au Résident et au D.O. à la visite du prince de Galles, incognito, à bord d'un vapeur sur le Niger. Il buvait du whisky et du vin qu'il faisait venir de France, grâce à Geoffroy. Il lisait beaucoup, du théâtre français, et même des poètes allemands. Il refusait de s'habiller à la mode des petits fonctionnaires de la Colonie. Il se moquait de leurs shorts trop longs, de leurs bas de laine, de leurs casques Cawnpore et de leurs impeccables parapluies noirs. Lui ne portait que de vieux pantalons de toile usés et troués, une chemise Lacoste et des sandales de cuir, et quand il restait chez lui, il revêtait la longue robe bleu ciel à la manière des Haoussas de Kano.

Il parlait la plupart des langues du fleuve, il savait le peul et l'arabe. Son français était sans accent. Quand il parlait avec Maou, il s'amusait à citer des vers de Manzoni et d'Alfieri, comme s'il savait que c'étaient ceux-là qu'elle préférait. Il avait voyagé partout dans l'Afrique de l'Ouest, jusqu'en haut du fleuve, jusqu'à Tombouctou. Mais il n'en parlait pas. Ce qu'il aimait, c'était écouter de la musique sur son gramophone, et aller pêcher sur le fleuve, avec Okawho.

Maou ne supportait pas que Fintan retourne chez Sabine Rodes. Elle avait essayé de mettre Geoffroy en garde, mais il n'écoutait pas. Un jour, Fintan avait entendu des choses bizarres. Maou parlait à Geoffroy dans sa chambre, sa voix était aiguë, inquiète, avec l'accent italien qui tout à coup s'exagérait. Elle parlait de danger, elle disait des choses difficiles à comprendre, au sujet d'Okawho et d'Oya, elle disait qu'il voulait faire d'eux ses esclaves. Elle s'était même écriée : « Cet homme est le diable », et cela avait fait rire Geoffroy.

Après cette discussion, Geoffroy avait parlé à Fintan. Il partait pour un rendez-vous sur le Wharf, il était pressé. Il a dit, il ne faut plus aller chez M. Rodes. Il a dit, Rodes, ça n'est pas un nom très bien, ça n'est pas un nom comme le nôtre. Tu comprends ? Fintan n'avait rien compris.

Ce qui était bien, c'était d'être à l'avant de la pirogue, quand Sabine Rodes allait sur le fleuve. Lui s'asseyait sur une petite chaise en bois au milieu de la pirogue, et Okawho conduisait le moteur hors bord, un Evinrude de quarante chevaux qui faisait un bruit d'avion. A l'avant de la pirogue, on allait plus vite que le bruit, et Fintan n'entendait que le vent dans ses oreilles et le froissement de l'eau contre la proue. Rodes demanda à Fintan de surveiller les troncs. Assis à l'avant, avec les pieds qui frôlaient la vague, Fintan prenait son rôle au sérieux. Il indiquait les écueils en tendant le bras à gauche, ou à droite. Quand il y avait un tronc sous l'eau, il faisait un signe de la main pour qu'Okawho relève l'axe du moteur.

Le fleuve, en aval, devenait vaste comme la mer. Les aigrettes s'envolaient devant la pirogue, au ras de l'eau couleur de métal sombre, puis allaient se reposer un peu plus loin, dans les roseaux. On croisait d'autres pirogues, chargées d'ignames, de plantain, si lourdes

114

qu'elles semblaient prêtes à couler, et que les hommes écopaient sans arrêt. Appuyés sur leurs longues perches, les mariniers glissaient le long des rives, là où le courant était plus lent. D'autres pirogues à moteur avançaient au milieu du fleuve, la poupe enfoncée sous le poids du moteur, dans un vacarme qui se répercutait comme le tonnerre. Quand la pirogue de Sabine Rodes passait, les pilotes faisaient des signes. Mais ceux qui allaient à la perche restaient immobiles, impassibles. Sur le fleuve, on ne parlait pas. On glissait seulement entre l'eau et le reflet éblouissant du ciel.

Puis la pirogue s'engagea dans une rivière étroite, presque fermée par la végétation. Okawho éteignit le moteur et, debout sur le bord de la pirogue, il s'appuya sur la perche. Il était mince et cambré, son visage rayé de cicatrices brillait au soleil.

La pirogue avançait lentement entre les arbres. La forêt serrait l'eau comme une muraille. Le silence faisait battre le cœur de Fintan, comme lorsqu'on pénètre à l'intérieur d'une grotte. Il y avait un souffle froid qui venait de la profondeur, des odeurs puissantes, âcres. C'était là que Sabine Rodes venait pêcher, avec un harpon, ou parfois chasser les crocodiles, les grands serpents.

En se retournant à demi, Fintan vit Rodes debout dans la pirogue, juste à côté de lui, son fusil lance-harpon à la main. Il y avait une expression étrange sur son visage, de la joie, ou peut-être de la férocité. Il n'avait plus son expression d'ironie et cet air de lointain ennui qu'il affectait quand il parlait aux

Anglais d'Onitsha. Son regard gris-bleu brillait durement.

« Regarde ! » Il chuchota en montrant à Fintan le passage entre les branches. La pirogue avançait lentement, Okawho se pliait pour passer sous la voûte végétale. Fintan regardait avec une fascination horrifiée l'eau opaque. Il ne savait pas ce qu'il fallait regarder. Des formes sombres glissaient à l'intérieur de l'eau, il y avait des tourbillons. Dans l'eau profonde vivaient les monstres. Le soleil brûlait à travers le feuillage des arbres.

Sabine Rodes décida de revenir en arrière. Il avait déposé le fusil au fond de la pirogue. C'était déjà la fin du jour. La mousson était revenue. Des nuages noirs s'amoncelaient dans le ciel, en aval du fleuve, du côté de la mer. Tout d'un coup il y eut le grondement du tonnerre, le vent se mit à souffler. Comme la pirogue débouchait sur le fleuve, en face de l'île de Jersey, l'orage fondit sur eux. C'était un rideau gris qui avançait sur le fleuve, annihilant le paysage sur son passage. Des éclairs zébraient les nuages au-dessus d'eux. Le vent était si violent qu'il soulevait des vagues sur la surface du fleuve. Sabine Rodes cria en ibo : « Ozoo ! Je kanyi la ! » Debout à la poupe, Okawho conduisait le moteur d'une seule main, cherchant à apercevoir les troncs à la dérive. Fintan s'était recroquevillé au milieu de la pirogue, enveloppé dans une toile cirée que lui avait donnée Rodes. Il n'y avait plus le temps d'arriver à l'embarcadère d'Onitsha. Dans la pénombre, en se retournant, Fintan vit briller les lumières du Wharf, très loin, perdues dans l'immensité liquide. La pirogue remontait vers l'île de Jersey. Sabine Rodes écopait l'eau avec une calebasse.

La pluie ne les toucha pas tout de suite. Elle s'était écartée, formant deux bras qui entouraient l'île. Okawho en profita pour lancer la pirogue droit sur la grève, et Sabine Rodes entraîna Fintan en courant jusqu'à une cabane de feuilles. La pluie arriva alors, avec une violence telle qu'elle arrachait les feuilles des arbres. Le vent soufflait un brouillard d'eau qui entrait à l'intérieur de la hutte, empêchait de respirer. C'était comme s'il n'y avait plus de terre, ni de fleuve, mais seulement ce nuage, de toutes parts, cette poussière froide qui entrait dans le corps.

Cela dura longtemps. Fintan s'était accroupi contre la paroi de la hutte. Il avait froid. Sabine Rodes s'était assis près de lui. Il avait enlevé sa chemise pour l'envelopper. Il avait des gestes très doux, paternels. Fintan sentait un grand calme en lui.

Sabine Rodes parlait à voix presque basse. Il disait des mots au hasard. Ils étaient seuls. Par l'ouverture de la hutte le fleuve paraissait sans limites. C'était comme sur une île déserte, au milieu des océans.

« Tu me comprends, toi, tu sais qui je suis. Tu n'as pas la haine des autres, tu vois bien qui je suis. »

Fintan le regarda. Il avait l'air perdu, il y avait une sorte de buée sur son regard, un trouble que Fintan ne comprenait pas. Fintan pensa qu'il ne

117

pourrait jamais le haïr, même s'il était ce que disait Maou, même s'il était le diable.

« Ils s'en vont tous, ils changent. Ne change pas, pikni, ne change jamais, même si tout s'écroule autour de toi. »

D'un seul coup, comme elle était venue, la pluie cessa. Le soleil reparut, une lumière chaude et jaune de crépuscule. Quand ils marchèrent sur la grève, Fintan et Sabine Rodes virent le nuage gris disparaître en aval. Brokkedon émergea du fleuve, avec, accrochée à sa poupe, l'épave pareille à un énorme animal enlisé dans la boue.

« Regarde, pikni. C'est le *George Shotton*, c'est mon bateau. »

« Il est vraiment à vous ? » demanda naïvement Fintan.

« A moi, à Oya, à Okawho, quelle importance ? »

Fintan avait froid. Il tremblait si fort que ses jambes ne pouvaient pas le soutenir. Sabine Rodes le prit sur son dos et le porta jusqu'à la pirogue. Debout, son corps ruisselant de gouttes de pluie, Okawho attendait sur la pirogue. Son visage exprimait une joie sauvage. Sabine Rodes déposa Fintan dans le fauteuil de bois, toujours enveloppé dans la vieille chemise.

Je kanyi la ! L'avant de la pirogue pointait vers l'embarcadère d'Onitsha. L'étrave heurtait les vagues et le hurlement d'avion du hors-bord emplissait toute l'étendue visible du fleuve, d'une rive à l'autre.

Toujours vers le soir, il y avait un moment de paix, un moment de vide. Fintan était sur l'embarcadère des pêcheurs, pour attendre. Il savait que Bony était déjà monté vers la route de poussière, là où devaient passer les forçats enchaînés.

L'eau du fleuve coulait lentement, avec des sortes de nœuds, des tourbillons, de petits bruits de succion. Sabine Rodes disait que c'était le plus grand fleuve du monde, parce qu'il portait dans son eau toute l'histoire des hommes, depuis le commencement. Et dans le bureau de Geoffroy, Fintan avait vu un grand dessin épinglé au mur, une carte, qui représentait le Nil et le Niger. En haut de la carte, il y avait écrit PTOLÉMAÏS, et partout, des noms étranges, AMMON, Lac de Lyconède, Garamantiké, Pharax, Melanogaitouloï, Geïra, Nigeira Metropolis. Entre les fleuves était tracée au crayon rouge la route qu'avait suivie la reine de Meroë, quand elle était partie à la recherche d'un autre monde avec tout son peuple.

Fintan regardait la rive opposée, si loin dans la lumière déclinante qu'elle paraissait irréelle, comme naguère la côte d'Afrique vue du pont du *Surabaya*. Les îles étaient suspendues sur l'eau étincelante. Jersey, Brokkedon, et les bancs de terre sans nom, où s'accrochaient les troncs. A la pointe de Brokkedon, il y avait l'épave du *George Shotton* enlisée dans le sable, recouverte d'arbres, pareille à la carcasse d'un géant hirsute. Sabine Rodes avait promis à Fintan de l'emmener sur l'épave, mais il fallait n'en parler à personne.

Alors Fintan venait voir le fleuve, il attendait l'arrivée des pirogues. Il y avait quelque chose de terrible et de rassurant en même temps, dans le mouvement de l'eau qui descendait, quelque chose qui faisait battre plus fort le cœur, qui brûlait entre les yeux. Le soir, quand il ne pouvait pas dormir, Fintan reprenait le vieux cahier d'écolier, et il continuait d'écrire l'histoire, UN LONG VOYAGE, le bateau d'Esther remontait le fleuve, il était grand comme une ville flottante, il contenait tout le peuple de Meroë à bord. Esther était reine, avec elle ils allaient vers ce pays au nom si beau, que Fintan avait lu sur la carte épinglée au mur : GAO.

Sur la route poussiéreuse, Bony attendait. A six heures, chaque soir, quand le soleil se couchait de l'autre côté du fleuve, les forçats quittaient le terrain du D. O. Simpson et retournaient vers la prison, en ville. A demi caché par la palissade qui entourait le terrain, Bony guettait leur arrivée. Sur la route poussiéreuse, il y avait d'autres gens, des femmes surtout, des enfants. Ils avaient apporté de la nourriture, des cigarettes. C'était le moment où on pouvait donner des colis, des lettres, ou simplement appeler les prisonniers, dire leur nom.

On entendait d'abord le bruit de la chaîne qui avançait par sursauts, puis la voix des policiers qui scandaient la marche : « ... One ! ... One ! » Si un forçat se trompait, le poids de la chaîne fauchait sa jambe gauche et le jetait à terre.

Fintan avait rejoint Bony au bord de la route quand la troupe arriva. Les uns derrière les autres, les prisonniers en haillons marchaient vite, portant sur l'épaule la pelle ou la pioche. Leurs visages brillaient de sueur, leurs corps étaient tachés de poudre rouge.

De chaque côté de la troupe, des policiers en uniforme kaki, coiffés du casque Cawnpore et chaussés d'épais souliers noirs, marchaient au même pas que les forçats, fusil sur l'épaule. Les femmes au bord de la route appelaient les prisonniers, couraient en essayant de donner ce qu'elles avaient apporté, mais les policiers les repoussaient : « Go away ! Pissop fool ! »

Au milieu de la troupe, il y avait un homme grand et maigre, au visage marqué par la fatigue. Quand il est passé, son regard s'est arrêté sur Bony, puis sur Fintan. C'était un regard étrange, vide et en même temps chargé de sens. Bony a dit, seulement, « Ogbo », car c'était son oncle. La troupe a défilé devant eux au pas cadencé, descendant la route poussiéreuse vers la ville. La lumière du soleil couchant éclairait le faîte des arbres, faisait briller la sueur sur la peau des forçats. Le raclement de la longue chaîne semblait arracher quelque chose à la terre. Puis la troupe est entrée dans la ville, suivie par la cohorte des femmes qui continuaient à appeler les noms des prisonniers. Bony est retourné vers le fleuve. Il ne disait rien. Fintan est allé avec lui jusqu'à l'embarcadère, pour regarder le lent mouvement de l'eau. Il ne voulait pas rentrer à Ibusun. Il voulait partir, embarquer dans une pirogue, et glisser n'importe où, comme si la terre n'existait plus.

Maou avait les yeux ouverts dans la nuit. Elle écoutait les bruits de la nuit, les craquements de la charpente, le vent qui soufflait la poussière sur le toit de tôle. Le vent venait du désert, il brûlait le visage. L'intérieur de la chambre était rouge. Maou avait écarté le tulle de la moustiquaire. Le mur de planches était éclairé par la lampe Punkah, cela faisait un halo autour duquel se pressaient les margouillats. Par instants, le crissement des criquets enflait, puis retombait. Il y avait aussi le pas furtif de Mollie en train de chasser, et, chaque soir, les cris des chats sauvages qui se déchiraient d'amour pour elle sur les toits de tôle.

Geoffroy n'était pas là. Quelle heure pouvait-il être ? Elle s'était endormie sans dîner, en lisant un livre, *The Witch* de Joyce Cary. Fintan n'était pas encore rentré. Elle l'avait attendu sous la varangue, puis elle s'était couchée. Elle avait de la fièvre.

Elle tressaillit tout à coup. Elle entendait le roulement des tambours, très loin, de l'autre côté du fleuve, comme une respiration. C'était ce bruit qui l'avait réveillée, sans qu'elle s'en rende compte, comme un frisson sur sa peau.

Elle voulait regarder l'heure, mais sa montre-bracelet était restée sur la petite table, à côté de la veilleuse. Le livre était tombé par terre. Elle ne se souvenait plus de ce qu'il disait. Elle se souvenait que ses paupières se fermaient malgré elle, que les lignes s'emmêlaient. Elle devait relire plusieurs fois la même phrase, à chaque fois différente.

Maintenant, elle était bien réveillée. A la lumière de la lampe, elle pouvait distinguer chaque détail, chaque ombre, chaque objet, sur la table, sur la malle, les planches du mur, la toile du faux plafond, tachée de rouille. Elle n'arrivait pas à détacher son regard de ces taches et de ces ombres, comme si elle cherchait à déchiffrer une énigme.

Le roulement lointain s'arrêtait, reprenait encore. Une respiration. Cela signifiait aussi quelque chose, mais quoi ? Maou n'arrivait pas à comprendre. Elle ne pouvait penser à rien, qu'à la solitude, la nuit, la chaleur, le bruit des insectes.

Elle eut envie de se lever, d'aller boire. L'heure ne l'intéressait plus. Elle marcha pieds nus à travers la maison, jusqu'au filtre en faïence, dans l'office. Elle attendit que le gobelet d'étain soit plein. Elle but d'un trait l'eau fade.

Le roulement des tambours s'était tu. Elle n'était même plus très sûre de l'avoir entendu. Peut-être que c'était seulement le grondement de l'orage, au loin, ou bien le bruit de son propre sang dans ses artères. Elle marchait pieds nus sur le plancher, essayant de deviner dans la pénombre la présence des scorpions ou des cafards. Son cœur battait fort, elle ressentait un frisson sur sa nuque, le long de son dos. Elle entra dans chaque pièce de la maison. La chambre de Fintan était vide. La moustiquaire était en place. Maou continua jusqu'au bureau de Geoffroy. Depuis quelque temps, Geoffroy ne venait plus dans son bureau pour écrire ses cahiers. Sur la table, il y avait des livres et des papiers en désordre. Avec une torche électrique, Maou éclaira la table. Pour maîtriser son inquiétude, elle faisait semblant de s'intéresser aux livres et aux journaux, des exemplaires froissés de l'*African Advertiser*, du *West African Star*, un numéro du *War Cry*, la revue de l'Armée du Salut. Sur une planche soutenue par deux briques, il y avait des livres de droit, l'Annuaire des Ports de Commerce de l'Ouest. D'autres livres reliés, abîmés par l'humidité, que Geoffroy avait achetés à Londres. Maou lisait à haute voix les noms : *Talk Boy* de Margaret Mead, que Geoffroy lui avait donné à lire quand elle était arrivée, et *Black Byzantium* de Siegfried Nadel. Plusieurs livres de E. A. Wallis Budge, *Osiris and the Egyptian Resurrection, The Chapter of the Coming Forth*, et *From Fetish to God*. Des romans, aussi, qu'elle avait commencé à lire, *Mr Johnson, Sanders of the River*, de Joyce Cary, *Plain Tales from the Hills* de Rudyard Kipling, et des récits de voyages, Percy Amaury Talbot, C. K. Meek, et *Loose Among the Devils* de Sinclair Gordon.

Elle sortit sous la varangue, et elle fut étonnée de la douceur de la nuit. La lune pleine éclairait avec force. Entre le feuillage des arbres, au loin, elle voyait le grand fleuve briller comme la mer.

C'était pour cela qu'elle frissonnait, à cause de cette nuit si belle, cette lumière de lune bleu argenté, ce silence qui montait de la terre et se mêlait aux battements de son cœur. Elle voulait parler, elle voulait appeler :

« Fintan ! Où es-tu ? »

Mais sa gorge se serrait. Elle ne pouvait pas faire de bruit.

Elle rentra dans la maison, ferma la porte. Dans le bureau de Geoffroy, elle avait allumé la lampe et déjà les papillons et les fourmis ailées se brûlaient contre la lumière en crépitant. Dans le salon, elle alluma d'autres lampes. Les fauteuils africains en bois rouge étaient effrayants. Le vide était partout, sur la grande table, sur les étagères vitrées contenant les verres et les assiettes émaillées.

« Fintan ! Où es-tu ? » Maou tournait dans les pièces, elle allumait les lampes les unes après les autres. Maintenant toute la maison était illuminée, comme pour une fête. Les lampes chauffaient l'air, il y avait une odeur de pétrole irrespirable. Maou s'assit par terre, sous la varangue, une lampe posée à côté d'elle. L'air frais faisait trembler la flamme. Du fond de la nuit, les insectes se précipitaient, se cognaient contre les murs, leur tourbillon autour des lumières faisait penser à la folie. Sur sa peau, Maou sentait sa chemise en coton qui collait, des gouttes froides piquaient ses côtes, sous les aisselles.

Tout d'un coup, elle commença à marcher. Le plus vite qu'elle put, ses pieds nus cognant le chemin de latérite qui descendait vers la ville. Elle courait vers le fleuve, sur la route éclairée par la lumière lunaire. Elle entendait le bruit de son cœur, ou bien le roulement des tambours cachés, de l'autre côté du fleuve. Le vent collait sa chemise contre son ventre et contre sa poitrine, elle sentait sous ses pieds la terre dure et fraîche, la terre qui résonnait comme une peau vivante.

Elle arriva dans la ville. Les lumières électriques brillaient devant les bâtiments des douanes, du côté de l'hôpital. Sur le Wharf, il y avait une rangée de lampadaires. Les gens s'écartaient devant elle. Elle entendait des cris, des sifflements. Les chiens hurlaient sur son passage. Il y avait des femmes vêtues dans de longues robes multicolores, assises sur le seuil des maisons, qui riaient d'un rire aigu.

Maou ne savait pas bien où elle allait. Elle aperçut les hangars de la Compagnie, mais à part les lampes allumées au-dessus des portes, tout était sombre et fermé. Un peu en hauteur, au milieu de son jardin d'agrément entouré d'un grillage, la maison du résident Rally. Elle continua à marcher jusqu'à la maison du D.O., jusqu'au Club. C'est là qu'elle s'arrêta, et sans même reprendre haleine, elle se mit à tambouriner à la porte, et à appeler. Juste derrière le Club, il y avait le trou béant de la future piscine, rempli d'une eau boueuse. A la lumière électrique on voyait flotter des choses, on aurait dit des étrons, ou des rats.

Puis, avant même que les fenêtres et la porte ne s'ouvrent, et que n'apparaissent les membres du Club, leur verre à la main, avec leurs figures enfarinées qui lui donnaient envie de rire à travers ses larmes, Maou

127

sentit ses jambes fauchées, comme si quelqu'un, un nain caché, avait lancé un croc-en-jambe. Elle s'affaissa sur elle-même en chiffon, les mains serrées sur sa poitrine, le souffle fermé dans son corps, tremblante des pieds à la tête.

« Maria Luisa, Maria Luisa... »

Geoffroy l'avait prise dans ses bras, il la portait comme une enfant, il l'emportait jusqu'à la voiture. « Qu'est-ce que tu as, tu es malade, parle-moi. » Il avait une drôle de voix, un peu rauque. Il sentait l'alcool. Maou entendait d'autres voix, la voix frêle de Rally, l'accent sarcastique de Gerald Simpson. Rally répétait : « Si je puis faire quelque chose... » Dans la voiture qui roulait sur la route, trouant la nuit avec ses phares, Maou sentit que tout se dénouait en elle. Elle dit : « Fintan n'est pas à la maison, j'ai peur... » Elle pensa en même temps qu'elle n'aurait pas dû dire cela, parce que Geoffroy battrait Fintan avec sa canne, comme à chaque fois qu'il se mettait en colère. Elle dit : « Il a dû avoir chaud, il est allé faire un tour. Tu comprends, j'étais toute seule dans cette maison. »

Devant la maison illuminée, Elijah était là. Geoffroy accompagna Maou jusqu'à sa chambre, il la coucha sur le lit, sous la moustiquaire. « Dors, Maria Luisa. Fintan est revenu. » Maou dit : « Tu ne le battras pas ? »

Geoffroy partit. Il y eut des éclats de voix. Puis plus rien. Geoffroy vint s'asseoir sur le bord du lit, le haut du corps à l'intérieur de la moustiquaire.

« Il était à l'embarcadère. C'est Elijah qui l'a ramené. »

Maou avait envie de rire. En même temps, elle sentait ses yeux pleins de larmes. Geoffroy partit éteindre toutes les lumières, les unes après les autres. Puis il revint se coucher dans le lit. Maou avait froid. Elle mit ses bras autour du corps de Geoffroy.

Elle voulait retrouver les paroles de Geoffroy, tout ce qu'il disait en ce temps-là. C'était avant leur mariage, il y avait si longtemps. Il n'y avait pas eu la guerre, il n'y avait pas eu le ghetto de Saint-Martin, ni la fuite à travers les montagnes, jusqu'à Santa Anna. Tout était si jeune alors, si innocent. A San Remo, dans la petite chambre aux volets verts, l'après-midi, avec le bruissement des tourterelles dans le jardin, l'éclat de la mer. Ils faisaient l'amour, c'était long et doux, lumineux comme la brûlure du soleil. Il n'y avait pas besoin de paroles alors, ou bien quelquefois Geoffroy la réveillait dans la nuit pour lui dire des mots en anglais. Il disait : « I am so fond of you, Marilu. » C'était devenu leur chanson. Il voulait qu'elle lui parle en italien, qu'elle chante, mais elle ne savait rien d'autre que les comptines de mère Aurelia.

Ninna nanna ninna-o !
Questo bimbo a chi lo do ?
Lo daro alla Befana
che lo tiene una settimana.
Lo daro all'uomo Nero
che lo tiene un mese intero !

Le soir, ils allaient se baigner dans la mer tiède, aussi lisse qu'un lac, parmi les rochers incrustés d'oursins violets. Ils nageaient ensemble, très lentement, pour voir le soleil se coucher sur les collines, incendier les serres. La mer devenait couleur de ciel, impalpable, irréelle. Un jour, il avait dit, parce qu'il partait pour l'Afrique : « Là-bas, les gens croient qu'un enfant est né le jour où il a été créé, et qu'il appartient à la terre sur laquelle il a été conçu. » Elle se souvenait que ça l'avait fait tressaillir, parce qu'elle savait déjà qu'elle attendait un bébé, depuis le commencement de l'été. Mais elle ne le lui avait pas dit. Elle ne voulait pas qu'il s'inquiète, qu'il renonce à son voyage. Ils s'étaient mariés à la fin de l'été, et Fintan avait pris le bateau tout de suite pour l'Afrique. Fintan était né en mars 36 dans une clinique vétuste du Vieux Nice. Alors Maou avait écrit à Geoffroy, une longue lettre dans laquelle elle racontait tout, mais elle n'avait reçu la réponse que trois mois plus tard à cause des grèves. Le temps avait passé. Fintan était trop petit, Aurelia ne les aurait jamais laissés partir si loin, si longtemps. Geoffroy était revenu l'été 1939. Ils avaient pris le train jusqu'à San Remo, comme si c'était toujours le même été, la même chambre aux volets verts fermés sur les étincelles de la mer. Fintan dormait à côté d'eux, dans son petit lit. Ils rêvaient d'une autre vie, en Afrique. Maou aurait aimé le Canada, l'île de Vancouver. Puis Geoffroy était reparti, quelques jours avant la déclaration de la guerre. C'était trop tard, il n'y avait plus eu de lettres.

Quand l'Italie avait déclaré la guerre, en juin 40, il avait fallu fuir avec Aurelia et Rosa, se cacher dans la montagne, à Saint-Martin, avoir de faux papiers, de faux noms. Tout était si loin, à présent. Maou se souvenait du goût des larmes, des journées si longues, si seules.

Le souffle de Geoffroy brûlait sa nuque, elle sentait les battements de son cœur. Ou bien c'était le roulement des tambours dans la nuit, sur l'autre rive du fleuve, mais elle n'avait plus peur. « Je t'aime. » Elle entendait sa voix, son souffle. « I am so fond of you, Marilu. » Il la serrait dans ses bras, elle sentait une vague qui montait en elle, comme autrefois, quand tout était nouveau. « Il ne s'est rien passé, je ne t'ai jamais quittée. » La vague grandissait en elle, traversait aussi le corps de Geoffroy. Le roulement grave et continu était uni à la vague, il les emportait, sur le fleuve, comme autrefois la mer en Italie, c'était un bruit enivrant, apaisant, c'était le bruit de l'orage qui s'efface sur une autre rive.

L'harmattan soufflait. Le vent chaud avait séché le ciel et la terre, il y avait des rides sur la boue du fleuve, comme sur la peau d'un très vieil animal. Le fleuve était d'un bleu d'azur, il y avait des plages immenses pleines d'oiseaux. Le bateau à vapeur ne remontait plus jusqu'à Onitsha, il s'arrêtait pour débarquer les marchandises à Degema. A la pointe de l'île Brokkedon, le *George Shotton* était couché dans la vase, tout à fait semblable à la carcasse d'un monstre marin.

Dans la journée, Geoffroy n'allait plus au Wharf. Les bureaux de la United Africa étaient de véritables fours, à cause des toits de tôle. Il descendait vers le soir, pour chercher le courrier, vérifier les livres de comptes, le mouvement des marchandises. Puis il allait au Club, mais il en supportait de moins en moins l'atmosphère. Le D. O. Simpson racontait ses sempiternelles histoires de chasse, un verre à la main. Depuis l'incident avec Maou, il était insolent, sarcastique, odieux. Sa piscine n'avançait pas. Elle avait été insuffisamment étayée, et l'un des côtés s'était effondré

en blessant les forçats. Geoffroy était revenu indigné :
« Ce salopard, il aurait pu leur enlever leur chaîne
pour travailler ! »

Maou était au bord des larmes :

« Comment peux-tu aller le voir, entrer chez lui ! »

« Mais je vais en parler au Résident, ça ne peut pas
durer. »

Puis Geoffroy oubliait. Il s'enfermait dans sa chambre, devant son bureau, là où était épinglée la grande
carte de Ptolémée. Il lisait, il prenait des notes, il
consultait des cartes.

Un après-midi, Fintan était sur le pas de la porte. Il
regardait timidement, et Geoffroy l'a appelé ; il avait
l'air agité, ses cheveux gris étaient en désordre, on
voyait le sommet de son crâne un peu dégarni. Fintan
essayait de penser à lui comme à son père. Ça n'était
pas très facile.

« Tu sais, boy, je crois que j'ai la clef du problème. »
Il parlait avec une certaine véhémence. Il montrait la
carte épinglée au mur. « C'est Ptolémée qui explique
tout. L'oasis de Jupiter Ammon est trop au nord,
impossible. La route, c'est celle de Kufra, par les
monts Éthiopiens, puis en descendant vers le sud, à
cause de Girgiri, jusqu'aux marais Chilonides, ou
même encore plus au sud, vers le pays Nouba. Les
Noubas étaient alliés aux derniers occupants de
Meroë. A partir de là, en suivant le cours souterrain du
fleuve, la nuit, par capillarité, ils trouvaient toute l'eau
dont ils avaient besoin, pour eux et pour leur bétail. Et
un jour, après des années, ils ont dû rencontrer le
grand fleuve, le nouveau Nil. »

Il parlait en marchant, mettant et enlevant ses lunettes. Fintan avait un peu peur, et en même temps il écoutait les bribes de cette histoire extraordinaire, les noms des montagnes, des puits dans le désert.

« Meroë, la ville de la reine noire, la dernière représentante d'Osiris, la dernière descendante des Pharaons. Kemit, le pays noir. En 350, le sac de Meroë par le roi Ezana d'Axoum. Il est entré dans la ville avec ses troupes, des mercenaires du pays Nouba, et tous les gens de Meroë, les scribes, les savants, les architectes, emmenant les troupeaux et leurs trésors sacrés, sont partis, ils ont marché derrière la reine, à la recherche d'un nouveau monde... »

Il parlait comme si c'était sa propre histoire, comme s'il était venu là, au terme du voyage, sur le bord du fleuve Geir, dans cette ville mystérieuse qui était devenue la nouvelle Meroë, comme si le fleuve qui coulait devant Onitsha était la voie vers l'autre versant du monde, vers Hesperiou Keras, la Corne de l'Occident, vers Théon Ochema, le Char des Dieux, vers les peuples gardiens de la forêt.

Fintan écoutait ces noms, il écoutait la voix de cet homme qui était son père, il sentait des larmes dans ses yeux, sans comprendre pourquoi. Peut-être était-ce à cause du son de sa voix, si étouffée, qui ne s'adressait pas à lui mais qui parlait seule, ou bien plutôt à cause de ce qu'il disait, ce rêve qui venait de si loin, ces noms dans une langue inconnue, qu'il lisait à la hâte sur la carte épinglée au mur, comme si dans un instant il allait être trop tard, que tout allait s'échapper :

Garamantes, Thoumelitha, Panagra, Tayama, et ce nom écrit en capitales rouges, NIGEIRA METRO-POLIS, au confluent des fleuves, à la frontière du désert et de la forêt, là où le monde avait recommencé. La ville de la reine noire.

Il faisait chaud. Les fourmis ailées tournoyaient autour des lampes, les margouillats étaient accrochés aux taches de lumière, leur tête aux yeux fixes au centre d'une auréole de moustiques.

Fintan était resté sur le seuil. Il regardait cet homme fébrile, qui marchait de long en large devant sa carte, il écoutait sa voix. Il essayait d'imaginer cette ville, au centre du fleuve, cette ville mystérieuse où le temps s'était arrêté. Mais ce qu'il voyait, c'était Onitsha, immobile au bord du fleuve, avec ses rues poussié-reuses et ses maisons aux toits de tôle rouillée, ses embarcadères, les bâtiments de la United Africa, le palais de Sabine Rodes et le trou béant devant la maison de Gerald Simpson. Peut-être qu'il était trop tard, déjà.

« Va-t'en, laisse-moi. »

Geoffroy s'était assis devant sa table encombrée de papiers. Il avait l'air fatigué. Fintan a reculé sans faire de bruit.

« Ferme la porte. »

Il avait une façon de dire, « le po'te », pour cela Fintan a pensé qu'il pourrait l'aimer, malgré sa méchanceté, sa violence. Il a fermé la porte, lâchant la poignée très lentement, comme s'il avait peur de le réveiller. Et tout de suite il a ressenti dans sa gorge une constriction, des larmes dans ses yeux. Il a cherché

Maou dans sa chambre, il s'est serré contre elle. Il avait peur de ce qui allait arriver, il aurait voulu n'être jamais venu jusqu'ici, à Onitsha. « Parle-moi dans ta langue. » Elle lui a chanté une comptine, comme autrefois.

Les premières lignes du tatouage sont l'emblème du soleil, ou Itsi Ngweri, les fils d'Eri, le premier des Umundri, la descendance de l'Edze Ndri. Moises, qui parle toutes les langues de la baie du Biafra, dit à Geoffroy :

« Les gens d'Agbaja appellent Ogo les signes tatoués sur les joues des jeunes hommes, c'est-à-dire les ailes et la queue du faucon. Mais tous, ils appellent Dieu Chuku, c'est-à-dire le Soleil. »

Il parle du Dieu qui envoie la pluie et les moissons. Il dit : « Il est partout, il est l'esprit du ciel. »

Geoffroy écrit ces mots, puis il répète les paroles du *Livre des Morts* égyptien, là où il est dit :

Je suis le Dieu Shu, mon siège est dans l'œil du père.

137

Moises parle du « chi », de l'âme, il parle d'Anyangu, le Seigneur Soleil, pour qui on faisait des sacrifices de sang. Moises dit : « Quand j'étais encore enfant, on appelait les gens d'Awka les Fils du Soleil, parce qu'ils étaient fidèles à notre dieu. »

Il dit : « Les Jukun, sur les rives du fleuve Bénué, appellent le soleil Anu. » Geoffroy tressaille en entendant ce nom, parce qu'il se souvient des paroles du *Livre des Morts,* et du nom du roi d'Héliopolis, Iunu, le Soleil.

C'est un vertige. La vérité brûle, éblouit. Le monde n'est qu'une ombre passagère, un voile à travers lequel apparaissent les noms les plus anciens de la création. Au nord, les gens d'Adamawa appellent le soleil Anyara, le fils de Ra. Les Ibos du Sud disent Anyanu, l'œil d'Anu, celui que la Bible nomme On.

La parole du *Livre des Morts* résonne avec force, elle est encore vivante, ici, à Onitsha, sur le bord du fleuve :

La cité d'Anu est comme lui, Osiris, un Dieu.

Anu est comme lui, un dieu. Anu est comme il est, Ra.

138

Anu est comme il est, Ra. Sa mère est Anu,
Son père est Anu, il est lui-même, Anu, né
dans Anu.

Le savoir est infini. Le fleuve n'a
jamais cessé de couler entre ces mêmes
rives. Son eau est la même. Maintenant, Geoffroy la regarde descendre,
avec ses yeux, l'eau lourde chargée du
sang des hommes, le fleuve éventreur
de terre, dévoreur de forêt.

Il marche sur le quai, devant les
bâtiments déserts. Le soleil étincelle à
la surface du fleuve. Il cherche les
hommes au visage marqué du signe
d'Itsi. Les pirogues glissent à la surface
des eaux, les troncs à la dérive, aux
branches qui plongent comme des bras
animaux.

« Autrefois, dit Moises, les chefs de
la tribu du Bénin jalousaient l'Oba, et
avaient décidé de se venger sur son fils
unique, nommé Ginuwa. L'Oba, ayant
compris qu'après sa mort son fils serait
assassiné par les chefs de tribus, fit
fabriquer un grand coffre. Dans ce
coffre, il enferma soixante-douze enfants des familles des chefs de tribus, et
il fit monter son propre fils dans le
coffre, muni de nourriture et d'un bâton magique. Puis il fit mettre le coffre

à l'eau, à l'embouchure du fleuve, afin qu'il parte vers la mer. Le coffre flotta dans l'eau pendant des jours, jusqu'à une ville appelée Ugharegi, près de la ville de Sapelé. Là, le coffre s'ouvrit, et Ginuwa descendit sur la rive, accompagné des soixante-douze enfants. »

Il n'y a qu'une seule légende, qu'un seul fleuve. Set l'ennemi enferme Osiris dans un coffre à son image, aidé par soixante-douze complices, et scelle le coffre avec du plomb fondu. Puis il fait jeter le coffre dans le Nil, pour qu'il soit emporté jusqu'à l'embouchure, jusqu'à la mer. Alors Osiris se lève au-dessus de la mort, il devient Dieu.

Geoffroy regarde le fleuve, jusqu'au vertige. Le soir, quand les Umundri reviennent dans leurs longues pirogues, il marche vers eux, il répète le salut rituel, comme les mots d'une formule magique, les mots anciens de Ginuwa :

« *Ka ts'i so, ka ts'i so...* Jusqu'à ce que le soleil se lève encore... »

Il veut recevoir le *chi*, il veut être semblable à eux, uni au savoir éternel, uni au plus ancien chemin du monde. Uni au fleuve et au ciel, uni à Anyanu, à Inu, à Igwe, uni au père d'Ale, à la terre, au père d'Amodi Oha, l'éclair, être un seul visage, portant gravé dans

140

la peau, à la poussière de cuivre, le signe de l'éternité : Ongwa, la lune, Anyanu, le soleil, et s'écartant sur les joues Odudu egbé, les plumes des ailes et de la queue du faucon. Ainsi :

Geoffroy marche à l'envers sur la route infinie.

C'est elle qu'il voit, maintenant, dans un rêve, elle, la reine noire, la dernière reine de Meroë, fuyant les décombres de la ville pillée par les soldats d'Axoum. Elle, entourée de la foule de son peuple, les dignitaires et les ministres, les savants, les architectes, mais aussi les paysans et les pêcheurs, les forgerons, les musiciens, les tisserands, les potiers. Entourée du peuple des enfants, portant les paniers de nourriture, conduisant les troupeaux de chèvres, les vaches aux grands yeux en amande dont les cornes en forme de lyre portent le disque du soleil.

Elle est seule devant cette foule, seule à connaître sa destinée. Quel est son nom, à cette dernière reine de Meroë, celle que les hommes du Nord ont chassée de son royaume pour la jeter dans la plus grande aventure qu'il y ait eu sur la terre ?

C'est elle qu'il veut voir, maintenant, Candace, peut-être, la reine noire de Meroë, borgne et forte comme un homme, qui commandait aux troupes contre César et qui conquérait l'île Éléphantine. Strabon l'appelait ainsi, mais son vrai nom était Amanirenas.

Quatre cents ans après elle, la jeune reine sait qu'elle ne reverra plus jamais l'eau du grand fleuve, et que le soleil ne se lèvera plus sur les tombeaux des anciens rois de Meroë : Kashta, Shabako, Shebitku, Taharqa, Anlamani, Karkamani. Il n'y aura plus de livres pour y écrire le nom des reines, Bartare, Shanakdakhete, Lakhideamani... Son fils s'appellera peut-être Sharkarer, comme le roi qui avait vaincu l'armée égyptienne à Jebel Qeili.

Mais celle qu'il voit n'est pas une reine d'apparat, portée dans son palanquin, sous un dais de plumes, entourée de prêtres et de musiciens. C'est une femme amaigrie, enveloppée dans un voile blanc, pieds nus dans le sable du désert, au milieu de la horde affamée. Ses cheveux sont défaits sur ses épaules, la lumière du soleil brûle son

143

visage, ses bras, sa poitrine. Elle porte toujours sur son front le cercle d'or d'Osiris, Khenti Amenti, le Seigneur d'Abydos, de Busiris, et le diadème sur lequel sont inscrits les signes du soleil et de la lune, et les plumes des ailes du faucon. Portant autour du cou la tête de Maat, le père des dieux, le bélier aux antennes de scarabée enserrant Ankh, le dessin de la vie, et Usr, le mot de la force, ainsi :

$$\{ \, \mathchar"0040 \, \}$$

Déjà depuis des jours, elle marche avec son peuple, elle ouvre la piste qui va vers l'endroit où le soleil disparaît chaque soir, Ateb, l'entrée du tunnel sur la rive ouest du fleuve céleste. Elle marche dans le plus terrible désert, avec son peuple, le lieu où souffle le vent brûlant, où l'horizon n'est qu'un lac de feu, le lieu où ne vivent que les scorpions et les vipères, où la fièvre et la mort rôdent la nuit entre les murs des tentes, enlèvent leur souffle aux vieillards et aux enfants.

Lorsque le jour du départ est arrivé,

la reine noire a réuni son peuple sur la place de Kasu, devant les ruines fumantes des temples incendiés par les guerriers d'Himyar, par les soldats d'Axoum, d'Atbara. Les grands prêtres du Dieu, la tête rasée et pieds nus en signe de deuil, se sont accroupis sur la place. Ils tiennent dans leurs mains les insignes du pouvoir et de la force éternelle du ciel, les miroirs de bronze, les bétyles. Dans un coffre de bois sont enfermés tous les livres, le *Livre des Morts*, le *Livre du Souffle*, le *Livre de la Résurrection et du Jugement*. C'est avant l'aube, quand le ciel est encore plus sombre que la terre.

Puis, quand le soleil apparaît éclairant l'étendue du fleuve, les plages où les radeaux sont prêts, pour la dernière fois à Meroë résonne la prière, et tous les hommes et toutes les femmes du peuple se tournent vers le disque resplendissant qui jaillit de la terre, porté par l'invisible Ankh :

« Ô disque, seigneur de la terre, fabricant des êtres du ciel et de la terre, fabricant du monde et des abysses marins, qui fais venir à l'existence les hommes et les femmes, ô disque, vie et force, beauté, nous te saluons ! »

La voix des grands prêtres a fini de

145

résonner dans le silence des ruines. Alors commence le bruit lent du départ, les femmes qui crient pour rassembler les bêtes, les pleurs des enfants, les appels des hommes qui poussent les radeaux de roseaux vers le milieu du fleuve.

Partout attendent les armées des ennemis, prêts à assouvir leur vengeance sur les derniers habitants de Kasu, les fils d'Aton, les derniers prêtres du soleil. Au sud et à l'est, les guerriers rouges, les soldats du roi Aganès, venus des monts d'Éthiopie, de la lointaine ville d'Axoum.

Des hommes et des femmes de Meroë sont déjà partis vers le sud, remontant le cours du fleuve afin de trouver une nouvelle terre. On dit qu'ils sont allés jusqu'à l'endroit où le fleuve se divise, un bras vers le sud, vers les monts de la Lune, un bras vers l'est, et qu'ils ont navigué sur ce bras jusqu'à un endroit appelé Alwa. Qui sait ce qu'ils sont devenus ?

Mais à présent, il est trop tard. Les guerriers d'Axoum ont coupé la voie vers le sud, les Éthiopiens occupent la rive droite. Alors, une nuit, la reine noire a reçu un songe. Dans son rêve, elle a vu une autre terre, un autre royaume, si lointain qu'aucun homme ne pourrait l'atteindre de son vivant, et que seuls ses enfants pourraient voir. Un royaume au-delà du désert et des montagnes, un royaume tout près des racines du monde, là où le soleil finit sa course, à l'endroit où s'ouvre le tunnel à travers les abysses jusqu'au domaine de Tuat, au-dessous de l'univers des hommes.

Elle a vu cela avec netteté, car c'était un rêve que lui envoyait Râ, le seigneur de l'éternelle vie. Dans cet autre monde, de l'autre côté du désert, il y a un grand fleuve, pareil au fleuve Nil, qui coule vers le sud. Sur ses rives s'étendent des forêts immenses, peuplées de bêtes féroces. Puis c'est le début des plaines fertiles, des savanes où errent les troupeaux de buffles, les éléphants, les rhinocéros, où rugissent les lions. Là existent un fleuve, pareil à une mer sans limites, des plages, des îles, des affluents innombrables, des roseaux où vivent les oiseaux et les crocodiles. Sur une île, au milieu du fleuve, la reine a vu son nouveau royaume, la ville nouvelle où s'établira son peuple, les fils d'Aton, les derniers habitants de Kasu, de Meroë. Elle a vu cela, cette ville avec tous ses temples, ses maisons, ses places animées, dans l'île sans nom au centre du fleuve. C'est ainsi qu'elle a décidé de partir avec le peuple de Meroë.

Toute la nuit, ils se sont réunis devant les ruines et les tombeaux, vigilants, prêts à livrer l'ultime bataille. Ils ont enfermé les troupeaux dans des cercles de pierres. Les hommes ont préparé les tentes, les sacs de blé, ils ont préparé les armes et les outils. Les bêtes qu'ils ne peuvent emmener ont été sacrifiées, et pendant la nuit, les femmes ont fait fumer la viande. Avant la fin de la nuit, tout est prêt. Les hommes ont mis le feu à leurs propres maisons, afin que ce qui reste soit réduit en cendres et ne puisse profiter aux ennemis. Personne n'a dormi cette nuit-là.

A l'aube, sur la place de Kasu, ils ont prié et reçu la bénédiction d'Aton qui commence sa navigation le long du fleuve du ciel. Les radeaux de roseaux quittent la rive, les uns après les autres, en silence. Ils sont si nombreux que cela fait une route mouvante à travers le fleuve.

Pendant neuf jours, les radeaux glissent le long des rives, vers le couchant, jusqu'à la grande courbe, où le fleuve amorce sa descente vers le nord. Au pied de la falaise, le peuple est assemblé, avec le bétail et les vivres.

A l'aube du dixième jour, ils reçoivent la bénédiction du disque ailé. Les femmes chargent les hottes sur leurs épaules, les enfants rassemblent les troupeaux, et ils commencent à marcher sur la route sans fin, vers les monts Manu, là où on dit que le soleil entre chaque soir.

En quittant la rive du fleuve, avant de s'enfoncer entre les collines de pierres, la reine regarde une dernière fois derrière elle. Mais elle n'a plus de larmes dans les yeux. Elle sent un grand vide au fond d'elle-même, parce qu'elle sait qu'elle ne reverra plus le fleuve, et que sa fille, et la fille de sa fille ne le reverront plus. Lentement, le disque ailé monte dans le ciel. Son regard sans faiblesse éclaire le monde. La reine s'est mise à marcher, pieds nus sur la terre brûlée, elle suit son peuple silencieux sur le chemin invisible de son rêve.

« Regarde, pikni. Je te présente *George Shotton* en personne. » La pirogue de Sabine Rodes approchait de l'épave noire vautrée dans la vase, à la pointe de Brokkedon. L'avant heurtait les vagues du fleuve. A l'arrière, Okawho était debout, un pied appuyé sur le bras du moteur hors bord, son visage brillant de cicatrices. A côté de lui, il y avait Oya. Au moment d'embarquer, elle était venue sur le ponton, et Sabine Rodes lui avait fait signe de monter à bord. Elle regardait droit devant elle, avec indifférence.

Mais le visage de Sabine Rodes exprimait une jubilation étrange. Il parlait fort, de sa voix théâtrale.

« *George Shotton*, pikni. Maintenant ça n'est qu'une vieille carcasse pourrie, mais il n'a pas toujours été ainsi. C'était la plus grande coque du fleuve, avant la guerre. C'était l'orgueil de l'Empire. Il était blindé comme un cuirassé de guerre, avec des roues à aubes, il remontait le fleuve jusqu'au nord, jusqu'à Yola, jusqu'à Borgawa, jusqu'à Bussa, Gungawa. » Il prononçait ces noms avec lenteur, comme s'il voulait que Fintan s'en souvienne toujours. Le vent faisait flotter ses cheveux aux mèches blanches, la lumière éclairait les rides de son visage, éclairait ses yeux très bleus. Il n'y avait plus de méchanceté dans son regard, alors, seulement de l'amusement.

L'étrave de la pirogue allait droit sur la coque. Le hurlement du moteur emplissait tout le fleuve, effrayait les hérons cachés dans les roseaux. Au sommet de l'épave, Fintan voyait distinctement les arbres qui avaient pris racine, sur le pont, dans les écoutilles.

« Regarde, pikni, *George Shotton,* c'était le bateau le plus puissant de l'Empire, ici sur le fleuve, avec ses canons mitrailleurs. Tu vois, tu vois comme il remontait le fleuve, et les sauvages qui dansaient, les sorciers avec leur jujus pour que cet énorme animal retourne d'où il était sorti, dans les profondeurs de la mer ! »

Il déclamait, debout au milieu de la pirogue. A présent, Okawho avait arrêté le moteur, parce qu'il n'y avait plus assez d'eau. Les fonds étaient proches, on glissait au milieu des roseaux, à l'ombre de la coque immense incrustée de coquilles.

« Regarde, pikni ! Dans cette coque les officiers se tenaient au garde-à-vous quand sir Frederick Lugard montait à bord avec son grand chapeau à plumes ! Avec lui montaient les rois de Calabar, d'Owerri, de Kabba, d'Onitsha, d'Ilorin, avec leurs femmes, leurs esclaves. Chukuani d'Udi... Onuoorah de Nnawi... L'Obi d'Otolo, le vieux Nuosu vêtu de sa robe en peau de léopard... Les seigneurs de guerre d'Ohafia... Même les envoyés de l'Obi du Bénin, même Jaja, le vieux renard Jaja d'Opobo, qui avait tenu tête si

151

longtemps aux Anglais... Ils étaient tous montés sur le *George Shotton*, pour signer les traités de paix. »

La pirogue avançait sur son erre, un peu de travers, au milieu des roseaux. Il y avait seulement le bruit de l'eau qui coulait, les cris des aigrettes, au loin, les vagues qui détachaient des pans de boue du rivage. L'épave noire était devant eux, penchée sur le côté, un grand mur rouillé auquel s'accrochaient les herbes. Pour rompre l'inquiétude, peut-être, Sabine Rodes continuait à parler, par bribes de phrase, tandis que la pirogue longeait la coque. « Regarde, pikni, c'était le plus beau bateau du fleuve, il transportait les vivres, les armes, les canons Nordenfelt sur leurs trépieds, et aussi les officiers, les médecins, les résidents. Il mouillait ici, au milieu du fleuve, et les canots faisaient le va-et-vient avec la rive, débarquaient les marchandises... On l'appelait le Consulat du Fleuve. Maintenant, regarde, les arbres ont poussé dedans... »

L'avant de la pirogue cognait par endroits, faisant résonner l'immense coque vide. L'eau clapotait contre les tôles rouillées. Il y avait des nuées de moustiques. En haut de la coque, là où autrefois se trouvait le château, les arbres avaient poussé comme sur une île.

Oya était debout elle aussi, pareille à une statue de pierre noire. Sa robe des missions était collée à son corps par la sueur. Fintan regardait son visage lisse, sa bouche dédaigneuse, ses yeux étirés vers les tempes. Le crucifix étincelait sur sa poitrine. Il pensait que c'était elle, la princesse de l'ancien royaume, celle dont Geoffroy cherchait le nom. Elle était revenue sur le fleuve, pour jeter un regard sur la ruine de ceux qui avaient vaincu son peuple.

Pour la première fois, Fintan ressentait au fond de lui ce qui unissait Okawho et Oya au fleuve. Cela faisait battre son cœur avec violence, une crainte, une impatience. Il n'écoutait plus les paroles de Sabine Rodes. Debout à l'avant de la pirogue, il regardait l'eau, les roseaux qui s'écartaient, l'ombre de la coque.

La pirogue s'était immobilisée contre le flanc de l'épave. A cet endroit, il y avait un escalier de métal à moitié arraché. Oya bondit la première, suivie par Okawho qui amarra la pirogue. Fintan s'agrippa à la rambarde et se hissa sur l'escalier.

Les marches de métal bougeaient sous ses pieds, cela résonnait bizarrement dans le silence de l'épave. Oya était déjà en haut de l'escalier, elle courait sur le pont à travers les broussailles. Elle semblait connaître le chemin.

Fintan resta sur le pont, agrippé à la rambarde de l'escalier. Okawho avait disparu dans le ventre de l'épave. Le pont était fait de lames de bois, pour la plupart brisées ou pourries. L'inclinaison était telle que Fintan dut se mettre à quatre pattes pour avancer.

L'épave était immense et vide. On voyait ici et là les morceaux de ce qui avait été la dunette, le château avant, et les tronçons des mâts. Le château arrière n'était plus qu'un enchevêtrement de tôles. Les arbres avaient poussé à travers les fenêtres.

Une écoutille était ouverte sur les ruines d'un

escalier baroque. Sabine Rodes était descendu par l'escalier, après Oya et Okawho. A son tour, Fintan descendit à l'intérieur de la coque.

Penché en avant, il chercha à voir, mais il était ébloui comme à l'entrée d'une grotte. L'escalier descendait en tournant jusqu'à une grande salle envahie par les lianes et les branches mortes. L'air était suffocant, étourdissant d'insectes. Fintan regardait sans oser bouger. Il lui sembla voir l'éclat métallique d'un serpent. Il frissonna.

Le bruit de leur respiration emplissait la salle. Près d'une fenêtre obstruée par où filtrait le jour, Fintan aperçut une cloison arrachée, et l'intérieur d'une ancienne salle de bains, où trônait une baignoire vert turquoise. Sur le mur il y avait un grand miroir ovale, qui éclairait comme une fenêtre. Alors il les vit, Oya et Okawho, sur le sol de la salle de bains. Il n'y avait que le bruit de leur souffle, rapide, oppressé. Oya était renversée à terre, et Okawho la maintenait, comme s'il lui faisait du mal. Dans la pénombre, Fintan aperçut le visage d'Oya, avec une expression étrange, comme du vide. Sur ses yeux il y avait une taie.

Fintan tressaillit. Sabine Rodes était là, lui aussi, caché dans l'ombre. Son regard était fixé sur le couple, comme s'il ne pouvait s'en détourner, et ses lèvres murmuraient des mots incompréhensibles. Fintan recula, il chercha des yeux l'escalier pour s'en aller. Son cœur battait à grands coups, il ressentait de la peur.

Tout d'un coup il y eut un bruit violent, un coup de tonnerre. En se retournant, Fintan vit Okawho debout dans la pénombre, nu, une arme à la main. Puis il comprit qu'avec un morceau de tuyau Okawho venait de briser le grand miroir. Oya était à côté de lui, debout contre le mur. Un sourire éclairait son visage. Elle semblait une guerrière sauvage. Elle poussa un cri rauque, qui résonna à l'intérieur de la coque. Sabine Rodes prit Fintan par le bras, le fit reculer.

« Viens, pikni. Ne la regarde pas. Elle est folle. »

Ils remontèrent l'escalier. Okawho était resté en bas, avec elle. Après de longues minutes, il remonta. Son visage marqué de cicatrices était pareil à un masque, on ne pouvait rien y lire. Lui aussi semblait un guerrier.

Quand ils furent dans la pirogue, Okawho détacha l'amarre. Oya apparut sur le pont, au milieu des broussailles. La pirogue progressait lentement le long de la coque, comme si on allait partir sans elle. Avec une vivacité d'animal, Oya se laissa glisser accrochée aux lianes et aux aspérités, puis elle sauta dans la pirogue au moment où Okawho tirait sur la cordelette du démarreur. Le bruit du moteur emplit tout le fleuve, résonna à l'intérieur de la coque vide.

L'eau bouillonnait autour de l'hélice. La pirogue fendit les roseaux. En un instant ils furent au milieu du fleuve. L'eau jaillissait de chaque côté de l'étrave, le vent emplissait les oreilles. A l'avant de la pirogue, Oya était debout, elle tenait ses bras un peu écartés, son corps brillait de gouttes, son visage de déesse était un peu tourné de côté, vers le plus profond du fleuve.

Ils arrivèrent à Onitsha à la nuit tombante.

Alors, tout n'est qu'un rêve que rêve Geoffroy Allen, dans la nuit, à côté de Maou endormie. La ville est un radeau sur le fleuve, où coule la plus ancienne mémoire du monde. C'est cette ville qu'il veut voir, maintenant. Il lui semble que s'il pouvait parvenir jusqu'à elle, quelque chose s'arrêterait dans le mouvement inhumain, dans le glissement du monde vers la mort. Comme si la machination des hommes pouvait renverser son oscillation, et que les restes des civilisations perdues sortiraient de la terre, jailliraient, avec leurs secrets et leurs pouvoirs, accompliraient la lumière éternelle.

Ce mouvement, la lente marche du peuple de Meroë vers le soleil couchant, année après année le long des crevasses de la terre, à la recherche de l'eau, du bruit du vent dans les palmes, à la recherche du corps étincelant du fleuve.

Maintenant, il la voit, la vieille femme amaigrie et chancelante, qui ne peut plus poser ses pieds cyanosés sur la terre, et que l'on doit porter sur une civière, abritée du soleil par un morceau de linge déchiré que porte un enfant au bout d'une canne, comme un emblème dérisoire.

Sur ses yeux en amande, ses yeux autrefois si beaux, il y a un voile blanc, qui ne lui laisse voir que l'alternance du jour et de la nuit. C'est pourquoi la vieille reine ne donne le signal du départ qu'à l'heure où le soleil, ayant franchi le zénith, commence à descendre vers l'entrée du monde des morts.

Le peuple suit son chemin invisible. Parfois les prêtres entonnent un chant de tristesse et de mort, qu'elle ne peut plus entendre, comme si déjà un mur la séparait des vivants. La reine noire s'incline sur sa litière, balancée au rythme des épaules de ses guerriers. Devant elle, à travers le voile de ses yeux, brille la lueur lointaine qu'elle ne rattrape jamais. Derrière elle, sur la terre déserte, s'étend la marque des pieds nus, le sillage de souffrances et de morts. Les ossements des vieillards et des jeunes enfants ont été semés sur cette terre, avec, pour toute sépulture, les anfractuosités des rochers, les ravins habités par les vipères. Auprès des puits saumâtres, des bribes de son peuple se sont accrochées comme des haillons aux épines des acacias. Ceux qui ne pouvaient plus, ne voulaient plus marcher. Ceux qui ne croyaient plus au rêve. Et chaque jour, au moment du zénith, la voix des prêtres résonne dans le désert, pour dire au peuple de Meroë que sa reine a repris sa route vers le soleil couchant.

Un jour, pourtant, elle a convoqué les scribes et les devins. Elle a dicté ses dernières volontés. Sur un rouleau de papier desséché, ils ont écrit pour la dernière fois sa vision, cette ville de paix, étendue sur le fleuve comme un immense radeau. Cela qu'elle a gardé dans son cœur en perdant la vue, et qui ne peut apparaître clairement que lorsque la lumière du soleil descendant se pose sur son visage, ouvre sa route resplendissante. Elle sait maintenant qu'elle n'arrivera jamais jusqu'à son rêve. Le fleuve restera étranger. Maintenant, elle sait qu'elle va entrer dans un autre monde, froid et décharné, où le soleil ne se lève pas. A sa fille Arsinoë, elle a donné sa vision. C'est elle, encore une enfant, qui est devenue la nouvelle reine du peuple de Meroë. Sur son front de pierre noire, dans le secret de la tente sacrée, les prêtres d'Osiris ont attaché le signe divin, le dessin puissant du disque ailé. Puis ils l'ont excisée, pour que, dans sa douleur, elle soit toujours l'épouse du soleil.

Le peuple de Meroë s'est remis en marche, et à présent, c'est la jeune reine Arsinoë qui le précède sur la route. Pareil à un fleuve d'os et de chair, le peuple coule sur la terre rouge, au fond des crevasses, dans les vallées desséchées. Le soleil immense et rouge se lève à l'est, il y a un brouillard de sable au-dessus de la terre.

Pareil à un fleuve, le peuple de Meroë s'écoule devant l'abri de branches et de toile où gît Amanirenas, dans l'ombre, à l'entrée du royaume de la mort. Elle n'a pas entendu passer la foule, elle n'a pas entendu les pleurs des femmes, ni les cris des enfants et les appels des bêtes de somme. Seul est resté avec elle le vieux prêtre, aveugle comme elle, celui qui a toujours été son compagnon. Il a gardé un peu d'eau et quelques dattes, pour pouvoir attendre le passage. Amanirenas n'entend plus ses prières. Elle sent la dernière palpitation qui sort de son corps et se répand dans le désert. Sur une pierre oblique, à l'entrée de la hutte, un scribe a dessiné son nom. Les guerriers ont construit un mur de pierres autour de la tombe, pour que les chacals ne puissent pas entrer. Ils ont accroché des bandelettes magiques aux épines des branches. Le fleuve humain s'est écoulé lentement vers l'ouest, et le silence est revenu, tandis que le soleil dépasse le zénith et commence à redescendre vers l'horizon. Amanirenas écoute son cœur ralentir, elle voit la tache de lumière s'affaiblir au fond de ses yeux, comme un feu qui s'éteint. Déjà le vent recouvre son visage de poussière. Le vieux prêtre lui ferme les yeux, il place dans ses mains les insignes du pouvoir, et entre ses chevilles la boîte du livre des morts. Amanirenas n'est plus qu'une trace, un monticule perdu sur l'étendue vide.

Aro Chuku

La nouvelle était arrivée, insidieusement. Maou
avait tout deviné, bien avant qu'on le sache. Un matin,
à l'aube, elle s'était réveillée. Geoffroy dormait à côté
d'elle, le buste nu, la peau couverte de petites gouttes
de sueur. Il y avait déjà la lueur pâle du jour qui
entrait par la fenêtre aux volets ouverts, et qui éclairait
l'intérieur de la moustiquaire. Geoffroy dormait rejeté
en arrière, et Maou avait pensé : « Nous allons partir
d'ici, nous ne pouvons plus rester... » C'était une
évidence, une pensée qui faisait mal, comme une dent
malade qui tout à coup rappelle qu'elle est là. Elle
avait pensé aussi : « Il faut que je parte, il faut que
j'emmène Fintan avant qu'il ne soit trop tard. »
Pourquoi serait-il trop tard ? Elle ne savait pas.

Maou s'est levée, elle est allée boire au filtre, dans
l'office. Dehors, sous la varangue, l'air était frais, le
ciel couleur de perle. Déjà les oiseaux emplissaient le
jardin, sautillaient sur les toits de tôle, volaient d'arbre
en arbre en jacassant. Maou regardait vers le fleuve.
Sur la pente, il y avait des fumées blanches qui
indiquaient chaque case, où les femmes faisaient cuire

les ignames. Elle écoutait avec une attention presque douloureuse les bruits de la vie ordinaire, les appels des coqs, les aboiements des chiens, les coups de hache, les pétarades des moteurs des pirogues de pêche, le bruit des camions roulant sur la piste d'Enugu. Elle attendait le grelottement lointain du générateur qui allait mettre en marche les rouages de la scierie, de l'autre côté du fleuve.

Elle écoutait tout comme si elle savait qu'elle n'entendrait plus ces bruits. Qu'elle allait partir très loin, oublier les choses et les êtres qu'elle aimait, cette ville si loin de la guerre et des cruautés, ces gens dont elle s'était sentie proche comme elle ne s'était jamais sentie auparavant.

Quand elle était arrivée à Onitsha, elle était une bête curieuse. Les enfants marchaient derrière elle dans les rues poussiéreuses, ils lui lançaient des lazzis, ils l'appelaient en pidgin, ils riaient. La première fois, elle s'en souvenait, elle était sortie en courant, sans chapeau, avec sa robe bleue décolletée des soirées sur le *Surabaya*. Elle cherchait Mollie, la chatte, qui avait disparu depuis deux jours, et qu'Elijah disait avoir aperçue dans une rue de la ville, du côté du Wharf. Elle abordait les gens, elle s'essayait au pidgin : « You seen cat bilong mi ? » Le bruit avait fait le tour de la ville : « He don los da nyam. » Les femmes riaient. Elles répondaient : « No ben see da nyam ! » Ç'avait été son premier mot, nyam. Puis la chatte était revenue, déjà grosse. Le mot était resté, et quand Maou passait, elle l'entendait résonner, comme si c'était son propre nom : « Nyam ! »

164

Jamais elle n'avait aimé personne comme ces gens. Ils étaient si doux, ils avaient des yeux si lumineux, des gestes si purs, si élégants. Quand elle traversait les quartiers de la ville, pour aller jusqu'au Wharf, les enfants s'approchaient d'elle sans timidité, caressaient ses bras, les femmes la prenaient par la main, lui parlaient, dans cette langue douce qui bruissait comme une musique.

Même, au début, ça lui faisait un peu peur, ces regards si brillants, les mains qui la touchaient, qui serraient son corps. Elle n'avait pas l'habitude. Elle se souvenait de ce que racontait Florizel, sur le bateau. Au Club, aussi, ils racontaient des choses terribles. Les gens qui disparaissaient, les enfants qu'on enlevait. Le *Long Juju,* les sacrifices humains. Les morceaux de chair humaine salée qu'on vendait sur les marchés, dans la brousse. Simpson s'amusait à lui faire peur, il racontait : « A cinquante milles d'ici, près d'Owerri, c'était l'oracle d'Aro Chuku, le centre de la sorcellerie de tout l'Ouest, là où on prêchait la guerre sainte contre l'Empire britannique ! Des piles de crânes, des autels barbouillés de sang ! Vous entendez les tambours, le soir ? Vous savez ce qu'ils disent, pendant que vous dormez ? »

Gerald Simpson se moquait d'elle, de ses explorations dans la ville, de son amitié pour les femmes des pêcheurs, pour les gens du marché. Puis il l'avait regardée avec dédain et rancœur, après qu'elle avait pris la défense des bagnards qui creusaient sa piscine. Elle ne se comportait pas en épouse de fonctionnaire, à l'abri des garden-parties sous ombrelle, régnant sur un ballet de domestiques. Au Club, Geoffroy subissait le regard ironique de Simpson, ses propos acérés. Chacun savait que la situation de l'agent de la United Africa était de plus en plus compromise à la suite des rapports du D.O. « Chacun à son rang » était la devise de Simpson. Il voyait la société coloniale comme un échafaudage rigoureux où chacun devait tenir son rôle. Naturellement, il s'était réservé le rôle le plus important, avec le Résident et le juge. La clef de voûte. « *Weather cock*, la girouette ! » corrigeait Geoffroy. Gerald Simpson ne pardonnait pas à Maou son indépendance, son imagination. En fait, il avait peur du regard critique qu'elle portait sur lui. Il avait décidé que Geoffroy et elle devraient partir d'Onitsha.

Au Club, les relations étaient de plus en plus tendues. On attendait peut-être que Geoffroy prenne une décision, qu'il répudie l'intruse, qu'il la renvoie chez elle, dans ce pays latin dont elle avait si outrageusement gardé l'accent, les manières, et jusqu'à la teinte trop mate de la peau. Le résident Rally avait tenté d'avertir Geoffroy. Lui aussi était au courant de l'inimitié de Simpson à l'égard de Maou.

« Vous imaginez l'épaisseur du dossier que vous avez à Londres ? »

Il avait ajouté, parce qu'il savait tout :

« Vous devez vous en douter... Simpson fait un rapport par semaine. Vous devriez demander votre mutation tout de suite. »

Geoffroy était suffoqué par l'injustice. Il était revenu accablé :

166

« Il n'y a plus rien à faire. A mon avis, ils l'ont chargé de m'annoncer la sentence. »

C'était le commencement des pluies. Le grand fleuve était couleur de plomb sous les nuages, le vent ployait violemment la cime des arbres. Maou ne sortait plus de la maison l'après-midi. Elle restait sous la varangue, à écouter la montée des orages, loin, vers les sources de l'Omerun. La chaleur disloquait la terre rouge avant la pluie. L'air dansait au-dessus des toits de tôle. De là où elle s'asseyait elle pouvait voir le fleuve, les îles. Elle n'avait plus envie d'écrire, ni même de lire. Elle avait seulement besoin de regarder, d'écouter, comme si le temps n'avait plus aucune importance.

Tout à coup elle comprenait ce qu'elle avait appris en venant ici, à Onitsha, et qu'elle n'aurait jamais pu apprendre ailleurs. La lenteur, c'était cela, un mouvement très long et régulier, pareil à l'eau du fleuve qui coulait vers la mer, pareil aux nuages, à la touffeur des après-midi, quand la lumière emplissait la maison et que les toits de tôle étaient comme la paroi d'un four. La vie s'arrêtait, le temps s'alourdissait. Tout devenait imprécis, il n'y avait plus que l'eau qui descendait, ce tronc liquide avec ses multitudes de ramifications, ses sources, ses ruisseaux enfouis dans la forêt.

Elle se souvenait, au début elle était si impatiente. Elle croyait bien n'avoir jamais rien haï plus que cette petite ville coloniale écrasée de soleil, dormant devant le fleuve boueux. Sur le *Surabaya*, elle imaginait les savanes, les peuples de gazelles bondissant dans l'herbe fauve, les forêts résonnant du cri des singes et des oiseaux. Elle avait imaginé des hommes sauvages, nus et peints pour la guerre. Des aventuriers, des missionnaires, des médecins rongés par les Tropiques, des institutrices héroïques. A Onitsha, elle avait trouvé cette société de fonctionnaires sentencieux et ennuyeux, habillés de costumes ridicules et coiffés de casques, qui passaient leur temps à bridger, à boire et à s'espionner, et leurs épouses, engoncées dans leurs principes respectables, comptant leurs sous et parlant durement à leurs boys, en attendant le billet de retour vers l'Angleterre. Elle avait pensé haïr à jamais ces rues poussiéreuses, ces quartiers pauvres avec leurs cabanes débordant d'enfants, ce peuple au regard impénétrable, et cette langue caricaturale, ce pidgin qui faisait tellement rire Gerald Simpson et les messieurs du Club, pendant que les forçats creusaient le trou dans la colline, comme une tombe collective. Personne ne trouvait grâce à ses yeux, pas même le docteur Charon, ou le résident Rally et sa femme, si gentils et si pâles, avec leurs roquets gâtés comme des enfants.

Alors elle vivait dans l'attente de l'heure du retour de Geoffroy, marchant nerveusement de long en large dans la maison, s'occupant du jardin, ou faisant réciter ses leçons à Fintan. Quand Geoffroy revenait des bureaux de la United Africa, elle le pressait de questions fiévreuses auxquelles il ne savait pas répondre. Elle se couchait tard, bien après lui, sous le pavillon blanc de la moustiquaire. Elle le regardait dormir. Elle pensait aux nuits à San Remo, quand ils avaient la vie devant eux. Elle se souvenait du goût de l'amour, du frisson de l'aube. Tout était si loin, maintenant. La guerre avait tout effacé. Geoffroy était devenu un autre homme, un étranger, celui dont parlait Fintan, quand il demandait : « Pourquoi tu t'es mariée avec cet homme-là ? » Il s'était absenté. Il ne parlait plus de sa recherche, de la nouvelle Meroë. Il gardait cela en lui, c'était son secret.

Maou avait essayé d'en parler, de comprendre :

« C'est elle, n'est-ce pas ? »

« Elle ? » Geoffroy la regardait.

« Oui, elle, la reine noire, autrefois tu me parlais d'elle. C'est elle qui est entrée dans ta vie, il n'y a plus de place pour moi. »

« Tu dis des bêtises. »

« Si, je t'assure, je devrais peut-être m'en aller avec Fintan, te laisser à tes idées, je te dérange, je dérange tout le monde ici. »

Il l'avait regardée d'un air perdu, il ne savait plus quoi dire. Peut-être qu'elle était folle, vraiment.

Maou était restée, et peu à peu, elle était entrée dans le même rêve, elle était devenue quelqu'un d'autre. Tout ce qu'elle avait vécu, avant Onitsha, Nice, Saint-Martin, la guerre, l'attente à Marseille, tout cela était devenu étranger et lointain, comme si quelqu'un d'autre l'avait vécu.

Maintenant, elle appartenait au fleuve, à cette ville. Elle connaissait chaque rue, chaque maison, elle savait reconnaître les arbres et les oiseaux, elle pouvait lire dans le ciel, deviner le vent, entendre chaque détail de la nuit. Elle connaissait les gens aussi, elle savait leurs noms, leurs surnoms pidgin.

Et puis il y avait Marima, la femme d'Elijah. Quand elle était arrivée, elle semblait encore une enfant, frêle et farouche dans sa robe toute neuve. Elle se tenait à l'ombre de la case d'Elijah, elle n'osait pas se montrer. « Elle a peur », expliquait Elijah. Peu à peu, elle s'était apprivoisée. Maou la faisait asseoir à côté d'elle, sur un tronc d'arbre qui servait de banc, devant la case d'Elijah. Elle ne disait rien. Elle ne parlait pas pidgin. Maou lui montrait des revues, des journaux. Elle aimait bien regarder les photos, les images des robes, les réclames. Elle mettait la revue un peu de travers pour mieux voir. Elle riait.

Maou apprenait des mots dans sa langue. *Ulo*, la maison. *Mmiri*, de l'eau. *Umu*, les enfants. *Aja*, chien. *Odeluede*, c'est doux. *Je nuo*, boire. *Ofee*, j'aime ça. *So !* Parle ! *Tekateka*, le temps passe... Elle écrivait les mots dans son cahier de poésies, puis elle les lisait à voix haute, et Marima éclatait de rire.

Oya était venue elle aussi. D'abord, timidement, elle
s'asseyait sur une pierre, à l'entrée d'Ibusun, et elle
regardait le jardin. Quand Maou s'approchait, elle
s'en allait en courant. Elle avait quelque chose d'à la
fois sauvage et innocent qui faisait peur à Elijah, il la
regardait comme une sorcière. Il voulait la chasser à
coups de pierres, il lui criait des injures.

Un jour, Maou avait pu s'approcher d'elle, elle
l'avait prise par la main, elle l'avait fait entrer dans le
jardin. Oya ne voulait pas entrer dans la maison. Elle
s'asseyait dehors, par terre, contre les escaliers de la
terrasse, à l'ombre des goyaviers. Elle restait là, assise
en tailleur, les mains posées à plat sur sa robe bleue.
Maou avait essayé de lui montrer des revues, comme à
Marima, mais ça ne l'intéressait pas. Elle avait un
regard étrange, lisse et dur comme l'obsidienne, plein
d'une lumière inconnue. Les paupières étaient étirées
vers les tempes, dessinaient un fin liséré, tout à fait
dans le genre des masques égyptiens, pensait Maou.
Jamais Maou n'avait vu un visage aussi pur, l'arc des
sourcils, la hauteur du front, les lèvres souriant

171

légèrement. Et surtout ces yeux en amande, des yeux de libellule ou de cigale. Quand le regard d'Oya se posait sur Maou, elle tressaillait, comme si dans ce regard filtraient des pensées extraordinairement lointaines et évidentes, des images de rêve.

Maou cherchait à lui parler avec le langage des gestes. Elle se souvenait vaguement de certains gestes. Quand elle était enfant, à Fiesole, elle croisait des enfants sourds-muets d'un hospice, elle les regardait avec fascination. Pour dire femme, elle montrait les cheveux, pour homme le menton. Pour enfant, elle faisait un geste de la main, sur la tête d'un tout-petit. Pour d'autres gestes, elle inventait. Pour dire fleuve, elle faisait le geste de l'eau qui coule, pour dire forêt elle écartait ses doigts devant son visage. Oya au début la regardait avec indifférence. Puis elle aussi avait commencé à parler. C'était un jeu qui durait des heures. Sur les marches de l'escalier, l'après-midi, avant la pluie, c'était bien. Oya avait montré à Maou toutes sortes de gestes, pour dire la joie, la peur, pour interroger. Son visage alors s'animait, ses yeux brillaient. Elle faisait des grimaces drôles, elle imitait les gens, leur démarche, leurs mimiques. Elle se moquait d'Elijah parce qu'il était vieux et que sa femme était si jeune. Elles riaient toutes les deux. Oya avait une façon particulière de rire sans bruit, la bouche découvrant ses dents très blanches, ses yeux rétrécis comme deux fentes. Ou bien, quand elle était triste, ses yeux s'embuaient, elle se mettait en boule, la tête penchée, les mains sur la nuque.

Maintenant, Maou comprenait presque tout, elle

pouvait parler avec Oya. Il y avait les moments extraordinaires, l'après-midi, avant la pluie, Maou avait l'impression qu'elle pénétrait dans un autre monde. Mais Oya avait peur des gens. Quand Fintan arrivait, elle tournait la tête, elle ne voulait plus rien dire. Elijah ne l'aimait pas. Il disait qu'elle était mauvaise, qu'elle jetait des sorts. Quand Maou avait su qu'elle habitait chez Sabine Rodes, chez cet homme qu'elle détestait, elle avait tout essayé pour qu'Oya parte de chez lui. Elle en avait parlé à la mère supérieure du couvent, une Irlandaise au caractère énergique. Mais Sabine Rodes était au-dessus de la morale et des bienséances. Tout ce que Maou avait obtenu, c'était la rancune tenace de cet homme. Maou avait pensé qu'il vaudrait mieux oublier, ne plus voir Oya. C'était une douleur, c'était étrange, jamais elle n'avait éprouvé cela. Oya venait tous les jours, ou presque. Elle arrivait sans bruit, elle s'asseyait sur les marches, elle caressait Mollie, elle attendait, son visage lisse tendu dans la lumière. Elle semblait une enfant.

Ce qui attirait Maou, c'était l'impression de liberté. Oya était sans contraintes, elle voyait le monde tel qu'il était, avec le regard lisse des oiseaux, ou des très jeunes enfants. C'était ce regard qui faisait battre le cœur de Maou, qui la troublait.

Parfois, quand elle en avait assez de parler avec des gestes, Oya laissait aller sa tête contre l'épaule de Maou. Lentement ses doigts caressaient la peau du bras de Maou, s'amusaient à faire redresser les poils. Maou d'abord s'était raidie, comme si quelqu'un avait

173

pu voir et raconter des choses, puis elle s'était habituée à cette caresse. La fin de l'après-midi, tout était silencieux dans Ibusun, la lumière était si douce, si chaude, avant la pluie. C'était comme dans un rêve, Maou se souvenait de choses très anciennes, quand elle était enfant, l'été à Fiesole, la chaleur de l'herbe et les cris des insectes, les doigts très doux de son amie Elena qui caressait ses épaules nues, l'odeur de sa peau, de sa sueur. L'odeur d'Oya la troublait, et quand elle se tournait vers elle, l'éclat de ses yeux sur l'ombre de son visage, tels des joyaux vivants.

Comme cela, un jour, Oya lui avait fait sentir l'enfant qu'elle portait dans son ventre, elle avait guidé la main de Maou par l'échancrure de sa robe jusqu'à l'endroit où frémissait le fœtus, à peine, léger comme un nerf qui tremblait sous la peau. Maou avait laissé longtemps sa main posée sur le ventre plein, sans oser bouger. Oya était douce et chaude, elle s'était appuyée contre elle, elle avait paru s'endormir. Puis l'instant d'après, sans raison, elle avait bondi, elle était partie en courant sur la route de poussière.

C'était peut-être à cause d'Oya que Maou avait appris à aimer la pluie. Les mains ouvertes devant son visage, comme si c'était elle qui ouvrait les vannes du ciel. *Ozoo*, la pluie qui venait du haut du fleuve à la vitesse du vent et qui recouvrait la terre gercée d'une ombre bienfaisante.

Chaque fin d'après-midi, après le départ d'Oya, elle

regardait la pluie arriver, c'était un théâtre. Il y avait les coups sourds du tonnerre, du côté des hauts plateaux, là où le ciel était d'un noir d'encre. Ils n'avaient plus besoin de compter les secondes. Fintan s'asseyait à côté d'elle, par terre sous la varangue. Elle regardait son visage brûlé, ses cheveux emmêlés. Il avait le même front qu'elle, et sa chevelure épaisse, coupée « au bol », lui donnait l'air d'un Indien d'Amérique. Il n'était plus l'enfant renfermé et fragile qui avait débarqué sur les quais de Port Harcourt. Son visage et son corps s'étaient endurcis, ses pieds étaient devenus larges et forts comme ceux des enfants d'Onitsha. Il y avait surtout dans sa physionomie quelque chose de changé, dans le regard, dans les gestes, qui montrait que la plus grande aventure de la vie, le passage à l'âge adulte, avait commencé. C'était effrayant, Maou ne voulait pas y penser. Tout d'un coup elle serrait Fintan contre elle, le plus fort qu'elle pouvait, comme un jeu. Il se débattait, il riait. Il était un enfant, quelques instants encore.

« Tu as les jambes toutes griffées, regarde, où es-tu allé courir ? »

« Là-bas, vers Omerun. »

« Tu vas toujours avec Josip ? Je veux dire, Bony. »

Il détournait les yeux. Il savait que Maou avait peur quand il partait avec Bony.

« Ne va pas trop loin, c'est dangereux, tu sais que ton père a déjà beaucoup de soucis. »

« Lui ? Il n'en sait rien. »

« Ne dis pas cela, il t'aime tu sais. »

« Il est méchant, cet homme, je le déteste. »

Il montrait son bras, en dessous de l'épaule, un bleu.

« Regarde, c'est lui qui m'a fait ça, avec son bâton. »

« Tu dois lui obéir, il n'aime pas que tu sois dehors à la nuit. »

Fintan poursuivait sa rancune.

« Mais j'ai cassé son bâton, il faudra qu'il aille en couper un autre. »

« Et si un serpent te mord ? »

« Je n'ai pas peur des serpents. Bony sait leur parler. Il dit qu'il connaît leur *chi*. Il connaît les secrets. »

« Et c'est quoi, ces secrets ? »

« Je ne peux pas te dire. »

La pluie ruisselait sur les tôles en faisant un fracas de fer. Tout de suite il y avait le froid, un souffle venu du fond du fleuve. Le bruit était tel qu'il fallait crier pour se parler. La terre était sillonnée de ruisseaux rouges.

Le soir, c'était l'heure où elle prenait les cahiers et les livres, pour faire travailler Fintan. Il y avait les mathématiques, la géographie, la grammaire anglaise, le français. Elle s'asseyait dans le fauteuil en rotin, et Fintan se mettait par terre, sous la varangue. Même quand la pluie avait faibli, c'était difficile de travailler. Fintan regardait le rideau de pluie, il écoutait le crépitement des gouttes et l'eau qui cascadait dans les tambours recouverts de toile. Quand il avait fini de travailler, il allait chercher le livre qu'il aimait. C'était un petit livre ancien, qu'il avait trouvé dans la bibliothèque de Geoffroy. Ça s'appelait *The Child's Guide to Knowledge*. C'était un livre fait uniquement de questions et de réponses. Fintan le donnait à Maou pour qu'elle lui lise des passages du livre, en le traduisant. Il y avait des réponses à toutes les questions, comme :

« Qu'est-ce qu'un télescope ?

— C'est un instrument d'optique fait de plusieurs lentilles qui rapproche de notre vue les objets lointains.

Qui l'a inventé ?

— Zacharie Jansen, un Hollandais de Middleburgh, en Zélande, de son métier fabricant de lunettes.

Comment Jansen l'inventa-t-il ?

— Absolument par hasard. Car, ayant placé deux lunettes à une certaine distance l'une de l'autre, il se rendit compte que les deux verres dans cette position agrandissaient considérablement les objets.

Comment procéda-t-il ?

— Il fixa les verres de cette manière et, l'an 1590, fabriqua le premier télescope d'une longueur de douze pouces.

Et qui améliora son invention ?

— Galilée, un Italien né à Florence.

Souffra-t-il de ses études, et de l'usage constant de ses lunettes ?

— Oui, car il devint aveugle. »

Quand elle avait fini avec le *Guide du savoir*, Fintan demandait :

« Maou, parle-moi dans ta langue. »

La lumière était basse, la nuit arrivait. Maou se balançait dans le fauteuil de rotin, elle chantonnait des filastrocche, des ninnenanne, doucement d'abord,

177

puis plus fort. C'était étrange, ces chansons, et la langue italienne, si douce et qui se mêlait au bruit de l'eau, comme autrefois à Saint-Martin.

Elle se souvenait, quand elle était arrivée ici, elle avait emmené Fintan à une réception chez le Résident. Dans les jardins, on avait servi le thé et les gâteaux. Fintan courait dans les allées, les petits chiens aboyaient. Maou avait appelé Fintan en italien. Mme Rally était venue, elle avait dit, de sa petite voix effarouchée : « Excusez-moi, quelle *sorte* de langue parlez-vous ? » Plus tard Geoffroy avait grondé Maou. Il avait dit, en baissant la voix, pour montrer qu'il ne criait pas, peut-être aussi parce qu'il sentait bien qu'il avait tort : « Je ne veux plus que tu parles à Fintan en italien, surtout chez le Résident. » Maou avait répondu : « Pourtant tu aimais ça autrefois. » C'était peut-être ce jour-là que tout avait changé.

Il y avait le bruit de la V 8 dans la nuit. Il résonnait malgré le vacarme de l'orage, comme s'il venait de loin, un avion surgi de la tempête. Fintan entrait sous sa moustiquaire. Si Geoffroy le voyait debout, ça ferait encore des histoires.

Maou attendait sous la varangue. Il y avait le bruit des pas dans le jardin, les marches en bois qui craquaient. Geoffroy était pâle, il avait l'air fatigué. La pluie avait trempé sa chemise, collé ses cheveux, agrandissant la calvitie au sommet de son crâne.

« C'est arrivé cet après-midi. »

Il tendait une feuille de papier abîmée par la pluie. C'était une lettre de congé, Geoffroy ne travaillait plus pour la United Africa Company. Juste quelques lignes venant de la direction, pour dire qu'on ne renouvelait pas son contrat. Une décision sans justification, donc sans appel. Maou ressentait comme un soulagement, et en même temps elle avait envie de pleurer. Maintenant, il fallait partir.

Pour arrêter son émotion, elle dit :

« Qu'est-ce qu'on va faire ? »

« S'en aller, je suppose. » Puis il s'était mis en colère : « J'ai télégraphié à Londres. Je ne vais pas me laisser faire sans rien dire ! »

Il pensait à ses recherches, à la route de Meroë, à la fondation du nouvel empire sur l'île, au milieu du fleuve. Le temps allait lui manquer.

Assis sous la varangue, il examinait encore la lettre à la lumière de la lampe, comme s'il n'avait pas fini de la lire.

« Je ne partirai pas. Nous avons le droit de rester ici quelque temps. »

« Combien de temps ? dit Maou. Si personne ne veut que tu restes ? »

« Et qui décide de ça ? coupa Geoffroy. J'irai ailleurs, vers le nord, à Jos, à Kano. »

Mais il savait bien que ça n'était pas possible. Il restait assis dans le fauteuil, à regarder tomber la pluie. Il n'y avait pas d'autres lumières. Le fleuve était invisible.

Dans son lit, Fintan ne dormait pas. Il regardait fixement un rai de lumière sur le plafond, venu de la varangue à travers une fente du volet.

« Viens », dit Bony.

Il savait que Fintan partirait un jour, qu'ils ne se reverraient plus. Il n'avait rien dit, mais Fintan avait compris, dans son regard, dans sa hâte peut-être. Ensemble ils traversèrent en courant la grande plaine d'herbes, ils descendirent jusqu'à la rivière Omerun. Il y avait encore le gris de l'aube accroché aux arbres, les fumées qui montaient des maisons. Les oiseaux jaillirent des herbes, tourbillonnèrent dans le ciel en poussant des cris aigus. Fintan aimait cette descente vers la rivière. Le ciel paraissait immense.

Bony courait en avant dans les herbes plus hautes que lui. De temps en temps, Fintan apercevait sa silhouette noire qui glissait. Ils ne s'appelaient pas. Il y avait seulement le bruit de leurs respirations qui résonnait dans le silence, un sifflement un peu rauque. Quand Fintan perdait de vue Bony, il cherchait la piste, les herbes écrasées, il sentait l'odeur de son ami. Maintenant, il savait faire cela, marcher pieds nus sans craindre les fourmis ou les épines, et suivre une trace à l'odeur, chasser la nuit. Il devinait la présence des animaux cachés dans les herbes, les pintades blotties contre un arbre, le mouvement rapide des serpents, parfois l'odeur âcre d'un chat sauvage.

Aujourd'hui, Bony n'allait pas vers Omerun. Il marchait vers l'est, dans la direction des collines de Nkwele, là où commençaient les nuages. Soudain le soleil apparut au-dessus de la terre, éclairant magnifiquement. Bony s'arrêta un instant. Accroupi sur un rocher plat, au-dessus des herbes, les mains jointes sur sa nuque, il regarda devant lui comme s'il cherchait à se souvenir de la route à suivre. Fintan le rejoignit, s'assit sur le rocher. La chaleur du soleil brûlait déjà, faisait jaillir des gouttes de sueur sur la peau.

« Où allons-nous ? » demanda Fintan.

Bony montra les collines, au-delà des champs d'igname.

« Là-bas. On dormira là-bas cette nuit. » Il parlait en anglais, pas en pidgin.

« Qu'est-ce qu'il y a là-bas ? »

Bony avait un visage brillant, impénétrable. Fintan vit tout d'un coup qu'il ressemblait à Okawho.

« Là-bas, c'est *mbiam* », dit-il seulement.

Bony avait déjà prononcé plusieurs fois ce nom. C'était un secret. Il avait dit : « Un jour, tu viendras avec moi à l'eau *mbiam*. » Fintan comprit que le jour était arrivé, parce qu'il devait s'en aller d'Onitsha. Cela fit battre son cœur plus vite. Il pensa à Maou, à ses larmes, à la colère de Geoffroy. Mais c'était un secret, il ne pouvait plus revenir en arrière.

Ils reprirent leur marche, l'un derrière l'autre à présent. Ils traversèrent un chaos de rochers, puis ils entrèrent dans des buissons d'épines. Fintan suivait Bony, sans ressentir la fatigue. Les ronces avaient déchiré ses vêtements. Ses jambes saignaient.

Vers midi, ils arrivèrent aux collines. Il y avait quelques maisons isolées où les chiens aboyaient. Bony escalada un rocher usé, gris sombre, qui s'effritait en lamelles sous les pieds. Du haut du rocher, on voyait toute l'étendue du plateau, les villages lointains, les champs, et presque irréel, le lit d'une rivière qui brillait entre les arbres. Mais ce qui attirait le regard, c'était une grande faille dans le plateau où la terre rouge luisait comme les bords d'une plaie.

Fintan regardait chaque détail du paysage. Il y avait ici un très grand silence, avec seulement le froissement léger du vent sur les schistes, et l'écho affaibli des chiens. Fintan n'osait pas parler. Il vit que Bony contemplait lui aussi l'étendue du plateau et la faille rouge. C'était un endroit mystérieux, loin du monde, un endroit où on pouvait tout oublier. « C'est ici qu'il faudrait qu'il vienne », se dit Fintan en pensant à Geoffroy. En même temps il fut étonné de ne plus ressentir de rancœur. C'était un endroit qui effaçait tout, même la brûlure du soleil et les piqûres des feuilles vénéneuses, même la soif et la faim. Même les coups de bâton.

« L'eau *mbiam* est là-bas », dit Bony.

Ils descendirent la pente des collines vers le nord. Le chemin était difficile, les enfants devaient sauter de roche en roche, éviter les buissons d'épines, les crevasses. Bientôt ils arrivèrent dans une étroite vallée où coulait un ruisseau. Les arbres formaient une voûte sombre et humide. L'air était plein de moustiques. Fintan voyait devant lui la silhouette mince de Bony qui se faufilait entre les arbres. A un moment il sentit sa gorge se serrer de peur. Bony avait disparu. Il n'entendait que les coups de son cœur. Alors il s'est mis à courir le long du ruisseau, entre les arbres, en criant : « Bony ! Bony !... »

Au fond du ravin, la petite rivière coulait sur les rochers. Fintan s'agenouilla au bord de l'eau et il but longuement, le visage contre l'eau comme un animal. Il entendit un bruit derrière lui, il se retourna en tressaillant. C'était Bony. Il marchait lentement avec des gestes étranges, comme s'il y avait un danger.

Il conduisit Fintan un peu plus haut le long de la rivière. Soudain, au détour d'un arbre, l'eau *mbiam* apparut. C'était un bassin d'eau profonde, entouré de hauts arbres et d'un mur de lianes. Tout à fait au fond du bassin, il y avait une source, une petite cascade qui surgissait au milieu des feuillages.

Fintan sentit une fraîcheur agréable. Arrêté devant le bassin, Bony regardait l'eau, sans bouger. Son visage exprimait une joie mystérieuse. Très lentement, il entra dans le bassin, et il lava son visage et son corps. Il se tourna vers Fintan : « Viens ! »

Il prit de l'eau dans sa main et aspergea le visage de Fintan. L'eau froide coulait sur sa peau, il lui sembla qu'elle entrait dans son corps et lavait sa fatigue et sa peur. Il y avait une paix en lui, comme le poids du sommeil.

Les arbres étaient immenses et silencieux. L'eau était lisse et sombre. Le ciel devint très clair, comme

183

toujours avant la nuit. Bony choisit un endroit, sur une petite grève, devant le bassin. Avec des branches et des feuilles, il fabriqua un abri pour la nuit, pour s'abriter du serein. C'est là qu'ils dormirent, dans le calme de l'eau. Au petit matin, ils retournèrent à Onitsha.

Dans la nuit, Geoffroy garde les yeux ouverts. Il voit la lumière de son rêve. C'est à cette lumière que le fleuve est apparu au peuple de Meroë, loin au milieu de la savane, pareil à un dragon de métal. L'hiver, le vent brûle le ciel rouge, le soleil est au centre de son halo, comme la reine au milieu de son peuple. Avant l'aube, il y a un bruit, une rumeur, tout à coup. Les jeunes gens qui partent chaque nuit en éclaireurs sont revenus à la hâte. Ils racontent comment, d'un rocher sur lequel ils étaient grimpés pour chasser des perdrix, ils ont découvert un fleuve immense qui reflétait la lumière du ciel. Alors le peuple de Meroë qui a dressé un camp pour s'abriter de la tempête de sable, se remet en marche. Les hommes et les enfants partent d'abord précipitamment, les prêtres portent la litière de la jeune reine. Tous ont laissé sur place leurs effets, les provisions, les ustensiles de cuisine, les vieilles femmes sont restées avec les troupeaux. Il y a un bruit de pas dans le sable crissant, un bruit de souffle. Tout le jour ils marchent sans s'arrêter.

Ils arrivent sur le rebord d'une cuesta et ils s'arrêtent, figés par la stupeur. Bientôt le bruit des voix grandit, s'enfle comme un chant : le fleuve ! répètent les voix des gens de Meroë, le fleuve ! Regardez, c'est le fleuve ! Ils sont arrivés au terme du voyage, après tant de temps, tant de morts, ils sont arrivés à Ateb, là où s'enracine le fleuve du ciel.

Entourée par les prêtres, Arsinoë regarde, elle aussi, le fleuve qui brille à la lumière du soleil couchant. Un instant encore, le disque est suspendu au-dessus de l'horizon, énorme et couleur de sang. Comme si le temps était arrêté, que plus rien ne varierait, qu'il n'y aurait plus jamais de mort.

A cet instant, le peuple de Meroë est revenu au jour du départ, quand Amanirenas, entourée des devins et des grands prêtres d'Aton, annonçait le commencement du voyage vers l'autre côté du monde, vers la porte de Tuat, vers le pays où s'enfonce le soleil. C'est le même frémissement, la même rumeur, le même chant. Arsinoë s'en souvient. Elle était toute petite alors, sa mère était encore jeune et pleine de force. La route qui relie les deux versants du monde est infiniment brève, comme si ce n'était que l'envers et l'endroit d'un miroir. Les fleuves se touchent dans le ciel, le grand dieu Hapy couleur d'émeraude, coulant éternellement vers le nord, et ce dieu nouveau de boue et de lumière, tranchant les herbes jaunes de la savane et glissant lentement vers le sud.

A l'endroit où ils ont aperçu la première fois le fleuve, sur le bord de la cuesta, les prêtres de Meroë font dresser une stèle, face au soleil couchant. Au ciseau, ils gravent sur la pierre le nom d'Horus, maître du monde, créateur de la terre et des abysses. Sur la face du couchant, là où le disque s'est arrêté si longtemps, ils gravent le signe de Temu, le disque ailé. Ainsi est née la marque sacrée que chaque enfant premier-né doit recevoir, en mémoire de l'arrivée du peuple de Meroë sur les rives du fleuve.

La jeune reine Arsinoë est la première à recevoir la marque d'Osiris et d'Horus. Le dernier grand prêtre est mort il y a longtemps déjà, enfermé dans le tombeau d'Amanirenas au milieu du désert. C'est un Nouba d'Alwa, nommé Geberatu, qui grave les signes sacrés, sur le front les deux yeux de l'oiseau du ciel, représentant le soleil et la lune, et sur les joues les stries obliques des plumes des ailes et de la queue du faucon. Il incise le visage de la reine avec le couteau rituel, et il saupoudre les marques avec de la limaille de cuivre. La même nuit, tous les enfants premiers-nés, garçons et filles, reçoivent le même signe afin que nul n'oublie l'instant où le dieu s'est arrêté dans sa marche et a éclairé pour le peuple de Meroë le lit du grand fleuve.

Mais ils ne sont pas arrivés au terme du voyage. Sur des radeaux de roseaux, les gens de Meroë ont commencé à descendre le cours du fleuve, à la recherche d'une île où ils pourraient établir la ville nouvelle. Les hommes et les femmes les plus valides sont partis d'abord, entourant le radeau de la reine. Le long des rives, les troupeaux marchent lentement, guidés par les enfants et les vieillards. Geberatu emporte avec lui un morceau de la stèle afin d'enraciner les temples futurs. Sur le fleuve étincelant, à l'aube, des dizaines de radeaux glissent lentement, retenus par les longues perches enfoncées dans la vase.

Chaque jour, le fleuve semble plus grand, les rives plus chargées d'arbres. Arsinoë assise sous le dais de feuilles regarde ces terres nouvelles, elle cherche à deviner un signe du destin. Parfois de grandes îles plates apparaissent, à fleur d'eau, semblables à des radeaux elles aussi. « Il faut descendre encore », dit Geberatu. Au crépuscule, les hommes de Meroë s'arrêtent sur les plages pour implorer les dieux, Horus, Osiris, Thot qui porte l'œil du faucon céleste, Râ, le maître de l'horizon à l'est du ciel, le gardien de la porte de Tuat. Sur les braseros, Geberatu fait brûler de l'encens et lit l'avenir dans les volutes de fumée. Accompagné de musiciens noubas qui jouent du tambour, il psalmodie et fait tourner sa tête en entrechoquant ses colliers de cauris. Ses yeux se révulsent, son corps forme un arc sur la terre. Alors il parle au dieu du ciel, aux nuages, à la pluie, aux étoiles. Quand le feu a consumé l'encens, Geberatu prend la suie et marque son front, ses paupières, son nombril, ses orteils. Arsinoë attend, mais Geberatu ne voit pas encore la fin du voyage. Les gens de Meroë sont épuisés. Ils disent : « Arrêtons-nous ici, nous ne pouvons plus marcher davantage. Les troupeaux sont loin derrière nous. Nos yeux ne peuvent plus voir davantage. » Chaque matin, à l'aube, comme autrefois Amanirenas, Arsinoë donne le signal du départ, et le peuple de Meroë remonte sur les radeaux. A la proue du premier radeau, devant le dais de la jeune reine, Geberatu est debout. Son corps mince et noir est vêtu d'un manteau en peau de léopard, il porte la longue lance harpon en signe de sa magie. Les gens de Meroë murmurent que la jeune reine est maintenant en son pouvoir, qu'il règne même sur son corps. Assise à l'ombre du toit de feuilles, son visage est tourné vers le rivage sans fin, elle soupire : « Quand arriverons-nous ? » Et Geberatu répond : « Nous sommes sur le radeau d'Harpocratès, le scarabée sacré est à tes côtés, à la poupe gouverne Maat, le père des dieux, portant sa tête de bélier. Les douze dieux des heures te poussent vers le lieu de la vie éternelle. Quand ton radeau touchera l'île du zénith, nous serons arrivés. »

C'est le fleuve qui descend lentement, dans le corps de Geoffroy, pendant son sommeil. Le peuple de Meroë passe en lui, il sent les regards tournés vers les rives obscurcies par les arbres. Devant eux s'envolent les ibis. Chaque soir un peu plus loin. Chaque soir, l'incantation du devin, son visage figé par l'extase, et la fumée de l'encens monte dans la nuit. Cherchant un signe parmi les astres, un signe dans l'épaisseur de la forêt. Écoutant les cris des oiseaux, regardant les traces des serpents dans la boue des rivages.

Un jour, à midi, apparaît l'île au milieu du fleuve, couverte de roseaux, pareille à un grand radeau. Alors le peuple de Meroë sait qu'il est arrivé. C'est ici, le lieu qu'ils ont tant attendu, dans la courbe du fleuve. La fin du long voyage, parce qu'il n'y a plus de forces, plus d'espoir, rien qu'une immense fatigue. Dans l'île sauvage est fondée la nouvelle Meroë, avec ses maisons, ses temples. C'est là que naît la fille d'Arsinoë et du prêtre Geberatu, celle qui s'appellera Amanirenas, ou Candace, comme son aïeule morte dans le désert. C'est d'elle, fruit de l'union de la dernière reine de Meroë et du devin Geberatu, que rêve Geoffroy maintenant. Il rêve de son visage, de son corps, de sa magie, de son regard sur un monde où tout commence.

Son visage, lisse et pur comme un masque de pierre noire, la forme allongée de son crâne, son profil d'une beauté irréelle, lèvres dessinant un sourire, l'arc des sourcils jaillis de la base du nez et montant haut comme deux ailes, et surtout, l'œil allongé, effilé, pareil au corps du faucon céleste.

Elle, Amanirenas, la première reine du fleuve, héritière de l'empire d'Égypte, née pour que l'île devienne la métropole d'un nouveau monde, pour que tous les peuples de la forêt et du désert s'unissent sous la loi du ciel. Mais déjà son nom n'est plus dans cette langue lointaine, brûlée et déchirée par la traversée du désert. Son nom est dans la langue du fleuve, elle s'appelle Oya, elle est le corps même du fleuve, l'épouse de Shango. Elle est Yemoja, la force de l'eau, la fille d'Obatala Sibu et d'Odudua Osiris. Les peuples noirs d'Osimiri se sont alliés aux gens de Meroë. Ils ont apporté les graines, les fruits, le poisson, les bois précieux, le miel sauvage, les peaux de léopard et les dents d'éléphant. Les gens de Meroë ont donné leur magie, leur science. Le secret des métaux, la fabrication des pots, la médecine, la connaissance des astres. Ils ont donné les secrets du monde des morts. Et le signe sacré du soleil et de la lune et des ailes et de la queue du faucon sont gravés sur les visages des enfants premiers-nés.

Il la voit, elle trouble son sommeil. Oya glisse à la proue de la longue pirogue, sa perche en équilibre dans ses mains comme un balancier. Maintenant, il la reconnaît, c'est bien elle, en lui, folle et muette, qui erre le long des rives du fleuve à la recherche de sa demeure. Elle que les hommes épient entre les roseaux, elle, à qui les enfants jettent des cailloux parce qu'ils disent qu'elle emporte les âmes au fond du fleuve.

Geoffroy Allen brusquement se réveille. Son corps est trempé de sueur. Le nom d'Oya brûle dans son esprit comme une marque. Sans faire de bruit, il se glisse hors de la mousti-quaire, il marche sous la varangue. En bas de la pente invisible, le corps d'Oya brille dans la nuit, confondu avec le corps du fleuve.

Geoffroy n'était pas retourné au Club. Par le vieux Moises qui travaillait au Wharf, il savait que la rumeur avait un nom, celui du remplaçant qui arriverait par un prochain bateau en provenance de Southampton. Il s'appelait Shakxon, il avait travaillé chez Gillett de Cornhill, chez Samuel Montagu aussi. C'était grâce à Sabine Rodes qu'on connaissait tous ces détails. Pour un homme qui ne mettait jamais les pieds dans le cercle anglais d'Onitsha, il était remarquablement informé.

Alors Maou fit cette chose folle, désespérée. Un après-midi, pendant que Geoffroy était dans les bureaux de la United Africa, elle emmena Fintan jusqu'à l'autre bout de la ville, au-dessus de l'embarcadère, là où se trouvait la maison de Sabine Rodes pareille à un fortin, avec sa palissade de pieux et sa porte cochère. Maou se présenta devant la porte, tenant Fintan par la main. La porte basse à gauche de la porte cochère s'ouvrit, et Okawho apparut, presque nu, son visage marqué brillant à la lumière. Il regarda Maou sans exprimer autre chose qu'un ennui sans limites.

« Puis-je voir M. Rodes ? » demanda Maou.

Okawho partit sans répondre, silencieux et souple comme un félin.

Il revint, et fit entrer Maou dans la grande salle des collections aux volets toujours fermés. Dans la pénombre les masques africains, les meubles, les potiches couvertes de perles luisaient bizarrement. Puis Maou aperçut Sabine Rodes en personne, assis dans une chaise longue, devant un ventilateur ronronnant. Il avait revêtu sa longue robe haoussa, bleu pâle, et il fumait un cigare.

Maou ne l'avait vu qu'une fois, peu après son arrivée à Onitsha. Elle fut frappée par la couleur de sa peau, un jaune cireux qui ressortait dans l'ombre de la grande salle, et qui contrastait avec le noir presque bleu d'Okawho.

A l'entrée de Maou et de Fintan, il se leva et déplaça deux chaises pour eux. « Asseyez-vous, je vous prie, madame Allen. » Maou était un peu étonnée par le ton de fausse politesse. Elle dit :

« Fintan, va m'attendre dans le jardin. »

« Okawho va te montrer les petits chats qui sont nés hier soir », dit Rodes.

Il avait une voix douce, mais elle trouva tout de suite la méchanceté dans son regard. Elle pensa qu'il savait parfaitement pourquoi elle était venue.

Dehors, dans le jardin, le soleil était éblouissant. Fintan suivit Okawho autour de la grande maison. Dans la cour arrière, près de la cuisine, Oya était assise par terre à l'ombre d'un arbre. Elle était habillée avec la robe bleue de la mission qu'elle avait lorsqu'ils étaient allés à bord du *George Shotton*. Elle regardait fixement devant elle un carton tapissé de chiffons dans lequel une chatte tricolore allaitait ses petits. Elle ne détourna pas son regard quand Fintan s'approcha d'elle. Sous sa robe, son ventre et ses seins étaient gonflés. Debout devant elle Fintan la regarda sans rien dire. Oya tourna la tête. Fintan vit ses yeux extraordinairement grands et étirés vers les tempes. Sa peau couleur de cuivre était sombre, brillante et lisse. Ses cheveux étaient toujours serrés dans le même foulard rouge, et elle portait autour du cou le même collier de cauris. Oya posa un instant sur Fintan son regard insensé qui donnait le vertige. Puis elle reprit sa contemplation de la chatte et de ses petits.

Dans la salle des collections, Maou avait le cœur serré. Sabine Rodes exerçait contre elle le plus insupportable persiflage. Il disait « Signorina », il parlait tantôt en italien, tantôt en français, en roulant les « r » comme elle. Ce qu'il disait était haïssable. Il est encore pire que les autres, pensa Maou. Maintenant, elle en était sûre, c'était lui qui avait machiné le renvoi de Geoffroy de la United Africa Company. « Chère Signorina, vous savez, nous en voyons passer tous les jours des gens comme votre mari, qui croient qu'ils vont tout réformer. Je ne dis pas qu'il a tort, ni vous non plus, mais il faut être réaliste, il faut voir les choses comme elles sont et non comme on voudrait qu'elles soient. Nous sommes des colonisateurs, pas des bienfaiteurs de l'humanité. Avez-vous pensé à ce qui se passerait si les Anglais que vous méprisez si ouvertement retiraient leurs canons et leurs fusils ? Avez-vous pensé que ce pays serait à feu et à sang, et que c'est par vous, chère Signorina, par vous et votre fils qu'ils commenceraient, malgré toutes vos idées généreuses, tous vos principes et vos conversations amicales avec les femmes du marché ? »

Maou fit un effort, elle feignit de n'avoir pas compris. « Est-ce qu'il ne reste pas une chance, une possibilité ? » Elle voulait dire : « Faites quelque chose, dites quelque chose en sa faveur, c'est ici qu'il veut vivre, il ne veut pas quitter ce pays ! » Sabine Rodes haussa les épaules, tira sur son cigare. Tout d'un coup il s'ennuyait. « Okawho, le thé ? » Les sentiments de cette femme, son regard sombre, son accent italien, l'effort qu'elle faisait pour ne pas laisser transparaître son angoisse, cela le gênait, c'était trop pathétique. Il parlait d'autre chose, maintenant, de la quête de Geoffroy, de son obsession pour l'Égypte. « Vous savez, c'est moi qui lui ai parlé la première fois de l'influence égyptienne en Afrique de l'Ouest, des ressemblances avec les mythes yorubas, avec le Bénin. Je lui ai parlé des pierres levées que j'ai vues sur le bord de la rivière Cross, du côté d'Aro Chuku. Quand il est arrivé, je lui ai fait lire tous les livres, Amaury Talbot, Leo Frobenius, Nachtigal, Barth, et Hasan Ibn Mohamed al Wassan al Fasi, qu'on appelle Leo Africanus. C'est moi qui lui ai parlé d'Aro Chuku, du dernier lieu du culte d'Osiris, c'était mon idée. Il vous l'a dit, n'est-ce pas ? Il vous a dit qui sont les gens d'Aro Chuku, il vous a dit qu'il veut aller là-bas ? » Il semblait en proie à une certaine excitation, il se

redressa sur sa chaise longue, il appela : « Okawho !
Wa ! » avec une voix transformée, sonore. « Va chercher Oya tout de suite ! »

La jeune fille entra dans la salle, suivie de Fintan. A
contre-jour, sa silhouette paraissait très grande, son
ventre dilaté par la grossesse lui donnait l'air d'une
géante. Elle s'arrêta sur le seuil. Sabine Rodes alla la
chercher, la conduisit jusqu'à Maou.

« Regardez-la, Signorina Allen, c'est elle qui hante
votre mari, c'est la déesse du fleuve, la dernière reine
de Meroë ! Évidemment, elle n'en sait rien. Elle est
folle et muette. Elle est arrivée ici un jour, on ne sait
pas d'où, elle errait le long du fleuve, de ville en ville,
elle se vendait pour un peu de nourriture, pour un
collier de cauris. Elle s'est installée sur la coque du
George Shotton. Regardez-la, est-ce qu'elle n'a pas l'air
d'une reine ? »

Sabine Rodes se leva, il prit la jeune femme par la
main, la fit marcher jusqu'à Maou. En retrait, dans
l'ombre de la porte, Okawho regardait. Maou
s'indigna.

« Laissez-la tranquille, elle n'est pas une reine, ni
une folle. C'est une pauvre fille sourde et muette dont
tout le monde profite, vous n'avez pas le droit de la
traiter comme une esclave ! »

« Maintenant, elle est la femme d'Okawho, je la lui
ai donnée. » Sabine Rodes retourna s'asseoir dans son
fauteuil. Oya reculait lentement, jusqu'à la porte. Elle
se glissa au-dehors, passa devant Fintan qui observait
la scène.

« Mais j'aurais pu la donner à votre mari ! »

Il ajouta, avec perfidie, son regard bleu scrutant Maou : « Qui sait de qui est l'enfant qu'elle porte dans son ventre ? »

Maou sentit la colère brûler son visage.

« Comment pouvez-vous ! Vous n'avez aucun sens de... de l'honneur ! »

« L'honneur ! » Il répéta, roulant les « r » comme Maou. « L'honneurrr ! »

Il ne s'ennuyait plus. Il pouvait faire son discours habituel. Il se leva, les bras faisant descendre les manches de la robe : « L'honneur, Signorina ! Mais regardez autour de vous ! Les jours nous sont comptés, à tous, à tous ! Aux bons et aux méchants, aux gens d'honneur et aux gens comme moi ! L'empire est fini, Signorina, il s'écroule de toutes parts, il s'en va en poussière, le grand bateau de l'empire fait honorablement naufrage ! Vous, vous parlez de charité, et votre mari vit dans ses chimères, et pendant ce temps, tout s'écroule ! Mais moi je ne m'en irai pas. Je resterai ici pour voir tout cela, c'est ma mission, c'est ma vocation, regarder sombrer le navire ! »

Maou prit la main de Fintan. « Vous êtes fou. » Ce furent ses dernières paroles dans la maison de Sabine Rodes. Elle marcha rapidement vers la porte. Dans le jardin, Oya était retournée s'asseoir devant la chatte dans sa caisse.

Quand Geoffroy sut ce qui s'était passé, la démarche de Maou, il entra dans une violente colère. Sa voix résonnait dans la maison vide, se mêlait aux grondements de l'orage. Fintan se cacha dans la pièce en ciment, au bout de la maison. Il écoutait la voix de Geoffroy, dure, méchante :

« C'est de ta faute, toi aussi c'est ce que tu voulais, tu as tout fait pour ça, pour qu'on soit obligés de partir. »

Le cœur de Maou battait à grands coups, la colère, l'indignation, sa voix s'étouffait, elle disait que ça n'était pas vrai, que c'était méchant, elle pleurait.

Fintan ferma les yeux. Il y avait le roulement de la pluie sur la tôle. L'odeur du ciment frais était plus forte que tout. Il pensa : demain, j'irai à Omerun, chez la grand-mère de Bony. Je ne reviendrai jamais. Je n'irai jamais en Angleterre. Avec une pierre, il grava sur le mur de ciment POKO INGEZI.

Le feu brûle plus fort et plus précis,
maintenant que plus rien ne le protège,
que plus rien ne s'interpose entre lui et
son rêve. Geoffroy remonte lentement
la rivière Cross, dans la pirogue sur-
chargée qui lutte contre la puissance du
courant accru par les pluies, charriant
la boue et les branches brisées. La pluie
est tombée ce matin sur les collines, et
les affluents de la Cross ont débordé,
tachant de sang l'eau du fleuve. Okawho est assis à l'avant de la pirogue. Il
bouge à peine, de temps en temps il
prend un peu d'eau et boit dans sa
main, ou bien s'asperge le visage. Il a
accepté de venir avec Geoffroy, de le
guider jusqu'à Aro Chuku. Il n'a pas
hésité un instant. Il n'a rien dit à
Sabine Rodes. Il est venu sur l'embarcadère, le matin, il est monté dans la
Ford V 8 qui va vers Owerri. Il n'a pas

201

pris d'affaires pour le voyage. Il n'a que le short kaki et la chemise déchirée de tous les jours.

Maintenant, la pirogue remonte la rivière Cross, transportant les passagers vers Nbidi, vers Afikpo, vers les mines de plomb d'Aboinia Achara. Des femmes, des enfants, chargés de bagages, des hommes escortant les marchandises, l'huile, le pétrole, le riz, les boîtes de corned-beef et de lait concentré. Geoffroy sait qu'il va vers la vérité, vers le cœur. La pirogue remonte la rivière, vers le chemin d'Aro Chuku, elle remonte le cours du temps.

Au mois de décembre 1901, le colonel Montanaro, chef des forces britanniques d'Aro, a remonté cette même rivière sur un bateau à vapeur monté par 87 officiers anglais, 1550 soldats noirs, et 2100 porteurs. Puis, à travers la savane, divisée en quatre colonnes, l'armée s'est mise en marche vers Aro Chuku, depuis Oguta, Akwete, Unwuna, Itu. Un véritable corps expéditionnaire, comme au temps de Stanley, avec des chirurgiens, des géographes, des officiers civils, et même un pasteur anglican. Ils sont porteurs du pouvoir de l'empire, ils ont l'ordre d'aller de l'avant, coûte que coûte, afin de réduire la poche de résistance d'Aro Chuku, et de détruire à jamais l'oracle du *Long Juju*. Le lieutenant colonel Montanaro est un homme maigre et pâle malgré les années passées sous le soleil de l'Afrique. Les ordres sont sans appel : détruire Aro Chuku, réduire au néant la ville rebelle avec ses temples, ses fétiches, ses autels de sacrifices. Rien ne doit rester de ce lieu maudit. Il faut tuer tous les hommes, les vieillards et les enfants mâles de plus de dix ans. Rien ne doit rester de cette engeance ! Ressasse-t-il les ordres de guerre contre le peuple aro, contre l'oracle qui prêche la destruction des Anglais ? Les quatre colonnes avancent à travers la savane, guidées par les éclaireurs venus de Calabar, de Degema, d'Onitsha, de Lagos.

Est-ce cela que Geoffroy est venu chercher, comme une confirmation de la fin prochaine de l'empire, ou comme la fin de sa propre aventure africaine ? Geoffroy se souvient de la première fois qu'il a remonté le temps, quand il est arrivé dans ce pays. Le voyage à cheval à travers les fourrés d'Obudu, dans les collines sombres où vivent les gorilles, à Sankwala, Umaji, Enggo, Olum, Wula, la découverte des temples abandonnés dans la forêt, les pierres levées pareilles à des sexes géants dressés contre le ciel, les stèles gravées d'hiéroglyphes. Il a écrit à Maou une longue lettre pour lui dire qu'il avait trouvé la fin de la route de Meroë, les signes laissés par le peuple d'Arsinoë. Puis il y a eu la guerre, et la piste s'est refermée. Pourra-t-il retrouver tout cela ? Tandis que la pirogue remonte la rivière, Geoffroy scrute les rives, à la recherche d'un indice qui lui permette de se reconnaître. Aro Chuku est la vérité et le cœur qui n'a pas cessé de battre. La lumière entoure Geoffroy, tourbillonne autour de la pirogue. La sueur fait briller le visage d'Okawho, ses cicatrices semblent ouvertes.

Ils ont débarqué sur la plage, vers la fin de l'après-midi, là où la rivière Cross fait un coude. Okawho dit que c'est là que commence le chemin d'Aro Chuku. Quelque part, sur la rive opposée, les pierres levées sont cachées dans la forêt. Geoffroy installe ses affaires pour la nuit, tandis que la pirogue repart, emmène sa cargaison d'hommes et de marchandises vers le haut du fleuve. Okawho est assis sur une pierre, il regarde l'eau sans rien dire. Son visage est sculpté dans une pierre noire et brillante. Son regard est voilé par des paupières lourdes, ses lèvres sont arquées dans un demi-sourire. Sur le front et sur les joues, les marques *itsi* luisent comme si la poudre de cuivre s'était ravivée. Sur son front, le soleil et la lune, les yeux de l'oiseau céleste. Sur ses joues, les plumes des ailes et de la queue du faucon. Quand la nuit arrive, Geoffroy s'enveloppe dans un drap, pour éviter les piqûres des moustiques. La plage retentit des bruits du fleuve. Il sait qu'il est tout près du cœur, tout près de la raison de tous les voyages. Il ne peut pas dormir.

Après les pluies diluviennes et les tornades de juillet, il y avait une accalmie au mois d'août, qu'on appelait la « petite saison sèche ».

C'est ce moment-là que Geoffroy avait mis à profit pour aller vers l'est. Le matin, en se levant, Fintan voyait les nuages suspendus dans le ciel au-dessus du fleuve. La terre rouge se craquelait déjà, formait des caillots, mais le fleuve continuait à charrier une eau limoneuse, sombre, violette, encombrée de troncs arrachés aux rives de la Bénoué.

Fintan n'avait jamais imaginé que cette petite saison lui causerait un tel bonheur. C'était peut-être à cause d'Omerun, du village, de la rivière. L'après-midi, Maou se reposait dans la chambre aux volets tirés, Fintan courait pieds nus à travers la savane jusqu'au grand arbre où attendait Bony. Avant d'arriver au repère, Fintan entendait la musique douce de la sanza, qui se mêlait aux crissements des insectes. Ça ressemblait à une musique pour appeler la pluie.

Du côté de la grande faille, du côté d'Agulu, de Nanka et de la rivière Mamu, les nuages s'amoncelaient, formaient une chaîne de montagnes. Il y avait des fumées dans la plaine, au-dessus des villages, des fermes. Fintan entendait japper les chiens, de loin en loin, ils s'appelaient d'un bout à l'autre des champs. Tout en marchant vers l'arbre, Fintan écoutait, regardait avec une sorte d'avidité, comme si c'était la dernière fois.

Geoffroy était parti, il avait pris la route d'Owerri. Peut-être qu'il était allé à la recherche d'une autre maison, puisque le remplaçant allait prendre leur place à Ibusun ? Mais il avait parlé aussi de cet endroit étrange, cette ville mystérieuse et magique au milieu de la savane, Aro Chuku. Avant de monter dans la V 8, il s'était conduit de façon bizarre. Il avait serré Fintan contre lui bien fort, il avait passé la main dans ses cheveux. Il avait dit, en même temps, très vite et à voix basse : « Excuse-moi, boy, je n'aurais pas dû me mettre en colère. J'étais fatigué, tu comprends ? » Fintan avait le cœur qui battait trop, il ne savait plus ce qu'il pensait, c'était comme d'avoir envie de pleurer. Geoffroy a chuchoté encore : « Au revoir, boy, occupe-toi bien de ta mère. » Puis il était monté dans la voiture, son grand corps plié derrière le volant. Il avait mis un cartable sur la banquette, à côté de lui, comme quand il partait pour régler des affaires à Port Harcourt. « Est-ce qu'il s'en va pour toujours ? » avait demandé Fintan. Mais il regrettait déjà sa question.

Maou avait parlé d'Owerri, d'Abakaliki, d'Ogoja, des gens qu'il allait voir, de la maison qu'on allait trouver là-bas. Pour la première fois, elle disait : « ton père ». Alors peut-être qu'ils pourraient rester, peut-être qu'ils ne rentreraient pas à Marseille. La V 8 avait roulé jusqu'au chemin dans un nuage de poussière rouge, puis elle avait descendu la côte et elle s'était perdue dans les rues d'Onitsha.

Le grand arbre était au sommet d'une éminence d'où on voyait la vallée de l'Omerun. Bony s'asseyait sur les racines, il jouait de la sanza en regardant au loin. Depuis que son frère était prisonnier, il avait changé. Il n'allait plus jusqu'à la maison de Geoffroy, et quand il rencontrait Fintan en ville, il allait d'un autre côté.

Il savait que Geoffroy était parti. Il a dit, Owerri, Aro Chuku. Fintan n'était même pas étonné. Bony savait tout, comme s'il pouvait entendre les gens parler à distance.

Fintan ne lui parlait jamais de Geoffroy. Seulement une fois, après la nuit passée dehors, près de l'eau *mbiam*, Geoffroy l'avait fouetté à coups de ceinture. Fintan avait montré les marques sur ses jambes, sur son dos. Il avait dit « Poko Ingezi » et Bony s'était amusé à répéter, lui aussi, « Poko Ingezi ».

Fintan aimait bien Omerun. La case de la grand-mère de Bony était au bord de la rivière. La vieille femme leur servait à manger, du foufou, des ignames rôties, des patates douces cuites dans la cendre. C'était une petite femme, avec un nom étonnant pour sa corpulence, elle s'appelait Ugo, c'est-à-dire l'oiseau rapace qui vole dans le ciel, un faucon, un aigle. Elle appelait Fintan « umu », comme s'il était aussi son fils. Quelquefois, Fintan pensait que c'était vraiment sa famille, que sa peau était devenue comme celle de Bony, noire et lisse.

Maou dormait encore sous le pavillon de la moustiquaire, dans la chambre aux volets entrouverts. Fintan se glissait pieds nus pour la regarder, en retenant son souffle de peur de la réveiller. C'était comme cela qu'il l'aimait le mieux, dans le sommeil, avec ses boucles brunes emmêlées sur ses joues, et le reflet de l'aube sur ses épaules. C'était comme autrefois, à Saint-Martin, c'était comme lorsqu'ils étaient seuls tous les deux dans la cabine du *Surabaya*.

Depuis que Geoffroy était parti là-bas, du côté d'Owerri, vers la rivière Cross, tout était changé. Il y avait une paix extraordinaire dans la maison, et Fintan n'avait même plus envie de sortir. Le monde s'était arrêté, s'était endormi du même sommeil que Maou, et pour cela même la pluie avait cessé de tomber. On pouvait tout oublier. Il n'y avait plus de Club, ni de Wharf, les hangars de la United Africa étaient fermés. Maou n'avait pas envie, elle non plus, d'aller en bas, vers la ville. Elle se contentait de regarder le fleuve du haut de la terrasse, ou bien elle lisait les leçons pour Fintan, elle lui faisait répéter les tables de multiplication, les verbes irréguliers anglais. Elle avait même recommencé à écrire des poèmes sur son cahier, elle parlait du fleuve, du marché, des feux allumés, de l'odeur du poisson frit, de l'igname, des fruits trop mûrs. Elle avait tant de choses à dire, elle ne savait pas par où commencer. C'était un peu triste aussi, parce qu'elle ressentait de la hâte, de l'impatience, comme durant les jours qui avaient précédé son départ de Marseille. Et maintenant, pour où faudrait-il partir ?

Bony ne venait plus au rendez-vous de l'arbre. C'était à cause de la fête de l'igname. A Omerun, règne Eze Enu, qui vit dans le ciel et dont l'œil est Anyanu, le soleil. On l'appelle aussi Chuku abia ama, Celui qui plane dans l'air comme un oiseau blanc. Lorsque les nuages s'écartent, dit Bony — et en même temps il mime avec ses bras un oiseau qui plane — c'est le moment de donner à manger à Eze Enu. On lui donne la première igname, bien blanche, sur un linge blanc étendu sur la terre. Sur le linge on place une plume d'aigle blanche, une plume de pintade blanche, et l'igname, blanche comme l'écume.

Ce soir même, la fête allait commencer. Marima avait demandé à Maou d'aller avec elle à Omerun, pour voir le « jeu de la lune ». C'était un mystère. Ni elle ni Maou n'y étaient jamais allées.

A son poste d'observation, sur le vieil embarcadère de bois, Fintan regardait le mouvement des bateaux sur le fleuve. Les barges chargées de tonneaux d'huile descendaient lentement, dérivant sur les remous, freinées par les hommes armés de leurs longues perches souples. De temps en temps une pirogue fendait les eaux, dans le rugissement du moteur hors bord dont l'axe long plongeait loin en arrière comme un bras frénétique. En amont, les îles paraissaient nager à contre-courant. Brokkedon, l'épave du *George Shotton*, et à l'embouchure de l'Omerun, la grande île de Jersey, avec sa forêt sombre. Fintan pensait à Oya, son corps étendu dans l'épave, son regard renversé tandis qu'Okawho la pénétrait, puis la colère du jeune guerrier, le bruit de tonnerre tandis qu'il brisait le miroir. Il pensait à la plage, entre les roseaux, lorsque Bony avait voulu prendre de force Oya, sur le chemin, la colère qu'il avait ressentie, comme une brûlure dans son corps, et la trace de la morsure d'Oya sur sa main.

A cause de tout ce qui était arrivé, Fintan ne croyait plus au départ d'Onitsha, au retour en Europe. Il lui semblait qu'il était né ici, auprès de ce fleuve, sous ce ciel, qu'il avait toujours connu cela. C'était la puissance lente du fleuve, l'eau qui descendait éternellement, l'eau sombre et rouge porteuse de troncs d'arbres, l'eau comme un corps, le corps d'Oya brillant et gonflé par la grossesse. Fintan regardait le fleuve, son cœur battait, il sentait en lui une part de la force magique, une part du bonheur. Jamais plus il ne serait étranger. Ce qui était arrivé, là-bas, sur l'épave du *George Shotton*, avait scellé un pacte, un secret. Il se souvenait de la première fois qu'il avait vu la jeune fille, sur la plage d'Omerun, nue dans la rivière. « Oya. » Bony avait prononcé son nom à voix basse. Comme si elle était née du fleuve, couleur de l'eau profonde, son corps lisse, ses seins, son visage aux yeux d'Égyptienne. Alors ils restaient couchés sur le fond de la pirogue, mêlés aux roseaux, sans faire de bruit, comme pour surprendre un animal. Fintan avait la gorge serrée. Bony regardait avec une attention douloureuse, son visage figé comme une pierre.

Jamais il ne pourrait se séparer du fleuve, si lent, si lourd. Fintan restait immobile sur l'embarcadère, jusqu'à ce que le soleil descende vers l'autre rive, l'œil d'Anyanu divisant le monde.

La lune était haute dans le ciel noir. Maou marchait sur le chemin d'Omerun, à côté de Marima. Fintan et Bony marchaient un peu derrière elles. Dans les herbes, les crapauds faisaient du bruit. Les herbes étaient noires, mais les feuilles des arbres brillaient d'un éclat de métal, et le chemin luisait à la clarté lunaire.

Maou s'arrêta, elle prit la main de Fintan.

« Regarde, c'est beau ! »

A un moment, en haut de la côte, elle se retourna pour regarder vers le fleuve. On voyait distinctement l'estuaire, les îles.

D'autres gens marchaient sur la route d'Omerun, se hâtaient vers la fête. Ils venaient d'Onitsha, ou même de l'autre rive, d'Asaba, d'Anambara. Il y avait des vélos qui zigzaguaient en faisant résonner leurs timbres. De temps à autre, un camion trouait la nuit avec ses phares, soulevant un nuage de poussière âcre. Maou s'était enveloppée dans un voile, à la manière des femmes du Nord. Le bruit des pas grandissait dans la nuit. Il y avait une lueur d'incendie du côté du

213

village. Maou eut peur, elle voulut dire à Fintan : « Viens, retournons en arrière. » Mais la main de Marima l'entraîna sur la route : « Wa ! Marche ! »

Tout d'un coup elle comprit ce qui lui avait fait peur. Le roulement des tambours avait commencé, quelque part au sud, mêlé au grondement assourdi d'un orage électrique. Mais sur cette route, avec ces gens qui marchaient, le bruit n'était plus effrayant. C'était une rumeur familière qui venait du fond de la nuit, c'était un bruit humain, un bruit qui rassurait comme la lumière des villages qui brillait le long du fleuve, jusqu'aux limites de la forêt. Maou pensait à Oya, à l'enfant qui allait naître ici, au bord du fleuve. Elle ne ressentait plus la solitude. Il lui semblait qu'elle était enfin sortie de l'enfermement des maisons coloniales, de leurs palissades, où les blancs se cachaient pour ne pas entendre le monde.

Elle marchait vite, du pas pressé des gens de la savane. Elle avait éteint sa torche électrique, pour mieux voir la lumière de la lune. Elle pensait aussi à Geoffroy, elle aurait voulu qu'il soit là avec elle, sur cette route, le cœur battant au rythme des tambours. C'était décidé. Quand Geoffroy reviendrait, ils quitteraient Onitsha. Ils emmèneraient Oya et son bébé loin de M. Rodes, ils s'en iraient, sans dire adieu à personne. Ils laisseraient tout à Marima, tout ce qu'ils avaient, et ils iraient vers le nord. C'était cela qui était triste, surtout, ne plus voir le visage enfantin de Marima, ne plus entendre son rire quand Maou lui récitait ses leçons d'ibo, *Je nuo, ofee, ulo, umu, aja*, et tout ce qu'elle avait appris avec elle, quand elle préparait à manger dehors, sur les pierres du foyer, le foufou, le gari de cassave, *isusise*, l'igname bouillie, et la *ground nut soup*, la soupe d'arachide.

Maou serrait la main de Fintan. Elle avait envie de lui dire tout de suite, quand Geoffroy sera revenu, on ira vivre dans un village, loin de tous ces gens méchants, de ces gens indifférents et cruels qui ont voulu nous faire partir, nous ruiner. « Où est-ce qu'on ira, Maou ? » Maou voulait avoir une voix gaie, insouciante. Elle serra davantage la main de Fintan. « On verra, peut-être à Ogoja. Peut-être qu'on remontera le fleuve jusqu'au désert. Le plus loin possible. » Elle rêvait en marchant. La lumière de la lune était toute neuve, étincelante, enivrante.

Quand ils arrivèrent au village, la place était pleine de monde. Il y avait des braseros allumés, on respirait l'odeur de l'huile chaude, les beignets d'igname. Il y avait le bruit des voix, les cris des enfants qui couraient dans la nuit, et très proche, la musique des tambours. De loin en loin, les notes grêles de la sanza.

Marima guidait Maou dans la foule. Puis tout d'un coup, ils furent au cœur de la fête. Sur l'aire de terre durcie, les hommes dansaient, leur corps brillant à la lueur des feux. C'étaient de jeunes garçons longs et minces, vêtus seulement d'un short kaki en lambeaux. Ils frappaient le sol de la plante de leurs pieds, les bras écartés, les yeux saillants. Marima entraîna Maou et Fintan loin du cercle des danseurs. Bony avait disparu dans la foule.

Debout contre le mur des maisons, Maou et Fintan regardaient les danseurs. Il y avait des femmes qui

dansaient aussi, en faisant tourner leurs visages jusqu'au vertige. Marima prit le bras de Maou : « N'aie
pas peur ! » cria-t-elle. Maou avait rentré la tête entre
ses épaules, elle s'appuyait contre le mur pour se
cacher dans l'ombre. En même temps, elle ne pouvait
pas quitter des yeux les silhouettes des danseurs au
milieu des feux. Soudain, son attention fut attirée par
des hommes qui dressaient deux poteaux sur la place.
Entre les deux poteaux, une longue corde se tendit. Un
des poteaux avait la forme d'une fourche.

La musique des tambours ne s'était pas arrêtée.
Mais le brouhaha de la foule avait cessé peu à peu, les
danseurs épuisés s'étaient couchés par terre. Maou
voulait parler, mais sa gorge était serrée par une sorte
d'inquiétude incompréhensible. Elle serra très fort la
main de Fintan. Elle sentait contre son dos le mur de
boue encore chaud du soleil. Elle vit qu'on hissait deux
silhouettes sur chaque poteau, et elle crut d'abord que
c'étaient de grandes poupées de chiffon. Puis les
silhouettes commencèrent à bouger, à danser à cheval
sur la corde, et elle se rendit compte que c'étaient des
hommes. L'un était vêtu d'une longue robe de femme
et portait des plumes sur la tête. L'autre était nu, son
corps rayé de peinture jaune, marqué de points blancs,
et son visage était masqué par un grand bec en bois.
En équilibre sur la corde, leurs longues jambes pendant dans le vide, ils avançaient en se contorsionnant,
au rythme de la musique des tambours. La foule s'était
assemblée sous eux, poussait des cris étranges, des
appels. Les deux hommes semblaient deux oiseaux
fantastiques. Ils rejetaient la tête en arrière, écartaient

leurs bras comme des ailes. L'oiseau mâle approchait son bec, et l'oiseau femelle se tournait, fuyait, puis revenait, au milieu des rires et des cris.

Il y avait quelque chose de puissant qui attirait Maou vers le spectacle des hommes oiseaux. La musique des tambours maintenant résonnait jusqu'au fond d'elle-même, creusait un vertige. Elle était au cœur même de ce roulement mystérieux qu'elle entendait depuis son arrivée à Onitsha.

Les oiseaux grotesques dansaient devant elle, maintenant, suspendus à la corde dans la lumière de la lune, agitant leurs masques aux yeux effilés. Ils avaient des mouvements lascifs puis, tout à coup, ils semblaient se battre. Autour d'elle, les spectateurs dansaient aussi. Elle vit l'éclair de leurs yeux, la dureté de leurs corps invulnérables. Au milieu de la place, un rideau de flammes ondoyait, et les hommes et les enfants bondissaient au travers en criant.

Maou se sentit si effrayée qu'elle pouvait à peine respirer. A tâtons, elle retourna vers le mur de la maison, cherchant des yeux Fintan et Marima. La musique des tambours résonnait avec force. Les oiseaux fabuleux s'étaient unis sur la corde, formant un couple grotesque d'où se détachaient les jambes démesurées. Puis ils semblèrent tomber lentement, et la foule les emporta.

Maou tressaillit quand une main s'empara de la sienne. C'était Marima. Fintan était avec elle. Maou avait envie de pleurer, elle était si fatiguée. « Viens ! » dit Marima. Elle la conduisit vers la sortie du village, sur la route qui montait à travers les hautes herbes.

« Est-ce qu'ils sont morts ? » demanda Maou. Marima ne répondit pas. Maou ne comprenait pas pourquoi tout cela avait tant d'importance. C'était seulement un jeu à la lumière de la lune. Elle pensait à Geoffroy. Elle sentait la fièvre arriver en elle.

Geoffroy est tout près du lac de vie.
Hier, il a vu les monolithes Akawanshi,
sur la rive de la Cross, dressés dans
l'herbe comme des dieux. Avec Okawho, il s'est approché des blocs de
basalte. Ils semblent tombés droit du
ciel, fichés dans la boue rouge du
fleuve. Okawho dit qu'ils ont été
amenés du Cameroun par le pouvoir
des grands magiciens d'Aro Chuku.
L'une des pierres est haute comme un
obélisque, trente pieds peut-être. Sur la
face qui regarde vers le couchant, Geoffroy a reconnu le signe d'Anyanu, l'œil
d'Anu, le soleil, la pupille énormément
dilatée d'Us-iri, portée par les ailes du
faucon. C'est le signe de Meroë, le
dernier signe écrit sur le visage des
hommes en mémoire de Khunsu, le
jeune dieu d'Égypte qui portait tatoués
sur son front les dessins de la lune et du

soleil. Geoffroy se souvient des paroles du *Livre des Morts* traduit par Wallis Budge, il peut les réciter par cœur, à haute voix, comme une prière, un frisson dans l'air immobile :

La cité d'Anu est comme lui, Osiris, un dieu.
Anu est comme lui, un dieu. Anu est comme il
*   est, Râ.*
Anu est comme il est, Râ. Sa mère est Anu,
Son père est Anu, il est lui-même, Anu, né
*   dans Anu.*

La pierre noire est l'image la plus lointaine du dieu Min, au sexe érigé. Sur la face noire, le signe Ndri brille avec force à la lumière rasante de la fin du jour. La vie tourbillonne autour des dieux. Il y a des insectes en suspens dans l'air, la terre rouge est creusée de sillons. Sur un carnet, Geoffroy dessine l'emblème sacré de la reine de Meroë, *Ongwa* la lune, *Anyanu* le soleil, *Odudu egbé*, les ailes et la queue du faucon. Autour du signe, il y a cinquante-six points creusés dans la pierre, le halo des Umundri, les enfants qui entourent le soleil.

Okawho est debout à côté de la pierre. Sur son visage brille le même signe.

Puis vient la nuit. Okawho fabrique un abri de fortune contre la pluie.

Les étoiles girent lentement autour des pierres noires.

A l'aube, ils reprennent la marche le long du fleuve. Une pirogue de pêcheur les conduit sur la rive droite de la Cross, un peu en amont des monolithes. Là, il y a un ruisseau à demi fermé par les arbres emportés par la dernière crue.

« Ite Brinyan », dit Okawho. C'est là, Atabli Inyang, là où se trouve le lac de vie. Geoffroy suit Okawho qui s'enfonce dans l'eau jusqu'à mi-corps, ouvre un chemin à travers les branches à coups de sabre d'abattage. Ils avancent à travers l'eau noire, presque froide. Puis ils marchent sur des rochers. Le soleil est haut dans le ciel, Okawho a ôté ses vêtements pour ne pas être freiné par les branches. Son corps noir brille comme du métal. Il bondit en avant, montre le passage. Geoffroy marche derrière avec peine. Son souffle rauque résonne dans le silence de la forêt. Le soleil brûle en lui, depuis tous ces jours, le soleil brûle au centre de son corps, un regard surnaturel.

Que suis-je venu chercher ? pense

Geoffroy, et il ne peut pas trouver de réponse. A cause de la fatigue et de la brûlure de ce soleil au fond de son corps, toute raison s'est estompée. Tout ce qui importe, c'est d'avancer, de suivre Okawho dans ce labyrinthe.

Un peu avant le crépuscule, Geoffroy et Okawho arrivent à Ite Brinyan. L'étroit ruisseau qu'ils ont suivi toute la journée, fracturant les verrous des arbres, traversant des chaos de roches, le long de ce qui n'était plus parfois qu'un corridor à travers la forêt, tout d'un coup s'ouvre à la manière d'une grotte qui se change en une immense salle souterraine. Ils sont devant un lac qui reflète la couleur du ciel.

Okawho s'est arrêté sur un rocher. Sur son visage il y a une expression que Geoffroy n'a encore jamais vue sur aucun visage. Sur un masque, peut-être, quelque chose de dur et de surhumain. Les yeux cernés d'un mince dessin vidant le regard et laissant les pupilles dilatées.

Il n'y a aucun signe de vie, ni dans l'eau, ni dans la forêt qui entoure le lac. Le silence est tel que Geoffroy croit entendre le bruit du sang dans ses artères.

Puis Okawho entre lentement dans

l'eau sombre. De l'autre côté de la baie les arbres forment un mur impénétrable. Certains arbres sont si hauts que la lumière du soleil s'accroche encore à leurs cimes.

Maintenant, Geoffroy entend le bruit de l'eau. Un soupir entre les arbres, entre les pierres. Après Okawho, Geoffroy entre dans le lac et marche lentement vers la source. Au milieu des blocs de grès noir, il y a une cascade.

« C'est Ite Brinyan, le lac de vie. » Okawho a dit cela, à voix basse. Ou peut-être que Geoffroy a cru l'entendre. Il frissonne devant l'eau qui jaillit comme au premier instant de l'univers. Il fait froid. Il y a un souffle, une haleine qui vient de la forêt.

Dans la coupe de ses mains Okawho prend l'eau et lave son visage. Geoffroy traverse le lac, il glisse sur les rochers. Le poids de ses vêtements mouillés l'empêche de monter sur le rivage. Okawho lui tend la main et l'aide à se hisser sur les rochers qui entourent la source. Là, Geoffroy lave son visage, il boit longuement. L'eau froide éteint la brûlure au centre de son corps. Il pense au baptême, il ne sera plus jamais le même homme.

La nuit arrive. Le silence est très

grand, troublé seulement par la voix de la source. Geoffroy se couche sur les pierres encore chaudes de la lumière du soleil. Après tant d'épreuves et de fatigue, il lui semble qu'il a enfin atteint le but de son voyage. Avant de dormir, il pense à Maou, à Fintan. C'est ici qu'il faudra venir avec eux, pour fuir Onitsha, pour échapper à la trahison. C'est ici qu'il pourra écrire son livre, achever sa recherche. Comme la reine de Meroë, il a enfin trouvé le lieu de la vie nouvelle.

Au lever du jour, Geoffroy aperçoit l'arbre. Il ne l'avait pas reconnu, à cause de la nuit, peut-être. Il était dans son ombre, et il ne le savait pas. C'est un arbre immense, au tronc divisé, dont les branches couvrent l'eau au-dessus de la source. Okawho a dormi un peu plus haut, entre ses racines. Sur la terre, près du tronc, il y a un autel primitif : des jarres cassées, des calebasses, une pierre noire.

Toute la matinée, Geoffroy explore le voisinage de la source, à la recherche d'autres indices. Mais il n'y a rien. Okawho est impatient, il veut repartir, cet après-midi même. Ils redescendent le ruisseau jusqu'à la rivière Cross. Sur la rive, en attendant une pirogue, ils construisent un abri.

Pendant la nuit, Geoffroy est réveillé par des brûlures sur le corps. Dans le faisceau de la torche électrique, il voit que le sol est couvert de puces, elles sont si nombreuses que la terre semble marcher. Okawho et Geoffroy se réfugient sur la plage. Au petit matin, Geoffroy est grelottant de fièvre, il ne peut plus marcher. Il urine un liquide noir, couleur de sang. Okawho passe la main sur son visage, il dit : « C'est le *mbiam*. L'eau est *mbiam*. »

Vers midi, une pirogue à moteur s'arrête. Okawho porte Geoffroy sur son dos, il l'installe sous une bâche pour le protéger du soleil. La pirogue descend rapidement le fleuve, vers Itu. Le ciel est immense, d'un bleu presque noir. Geoffroy sent le feu qui s'est rallumé au centre de son corps, et le froid de l'eau qui monte par vagues, qui le remplit. Il pense : tout est terminé. Il n'y a pas de paradis.

Quand elle sentit que le moment était venu, Oya quitta le dispensaire et marcha jusqu'au fleuve. C'était l'aube, il n'y avait encore personne sur les rives. Oya était inquiète, elle cherchait un endroit, comme la chatte tricolore avait fait, dans le jardin de Sabine Rodes, pour mettre bas. A l'embarcadère, elle trouva une pirogue. Elle la détacha et arc-boutée sur la longue perche, elle s'élança au milieu de l'eau, dans la direction de Brokkedon. Il y avait une hâte en elle. Déjà les vagues de la douleur dilataient son utérus. Maintenant qu'elle était sur l'eau, elle n'avait plus peur et la douleur était plus supportable. C'était d'être enfermée dans la salle blanche du dispensaire, avec toutes ces femmes malades, et l'odeur de l'éther. Le fleuve était calme, la brume s'accrochait aux arbres, il y avait des vols d'oiseaux blancs. Devant elle, l'épave était indistincte dans la brume, mêlée à l'île par les roseaux et les arbres.

Elle lança la pirogue à travers le courant, appuyant de toutes ses forces sur la perche pour prendre de l'élan, et la pirogue continua sur son erre, un peu de

226

travers. Oya fut prise de contractions violentes. Elle dut s'asseoir, ses mains agrippées à la perche. Le courant l'emportait vers le bas, et elle dut se servir de la perche comme d'une rame. La douleur s'accordait avec le mouvement de ses bras, appuyait sur l'eau. Elle parvint à traverser le courant. Elle se laissa aller un peu, en geignant, courbée en avant, tandis que la pirogue glissait lentement le long des roseaux de Brokkedon. Maintenant elle était dans la zone calme, elle heurtait les roseaux d'où s'échappaient des myriades de moustiques. L'avant de la pirogue cogna enfin l'épave. Oya enfonça la perche dans la vase pour immobiliser la pirogue, puis elle commença à monter le vieil escalier de fer jusqu'au pont. La douleur l'obligea à s'arrêter, pour respirer, les mains agrippées à la rampe rouillée. Elle aspirait l'air profondément, les yeux fermés. Quand elle avait quitté le dispensaire, elle avait laissé dans l'armoire sa robe bleue de la mission, et elle était partie avec la chemise blanche, maintenant toute trempée de sueur et tachée de boue. Mais elle avait gardé le crucifix d'étain. Le matin, avant l'aube, la poche des eaux avait crevé, et Oya avait enroulé un drap autour de ses reins.

Lentement, à quatre pattes, elle marcha sur le pont, jusqu'à l'escalier qui allait vers les salons dévastés. Là, près de la salle de bains, c'était sa demeure. Oya défit le drap et l'étendit sur le sol, puis elle se coucha. Ses mains cherchèrent les tuyaux accrochés aux parois. Il y avait une lumière pâle qui entrait par les ouvertures de la coque, à travers les branchages des arbres. L'eau du fleuve coulait le long de l'épave, cela faisait une vibration continue qui entrait dans le corps d'Oya et se joignait à l'onde de sa douleur. Les yeux ouverts sur la lumière, Oya attendit que le moment arrive, tandis que chaque vague de douleur soulevait son corps et refermait ses mains sur le vieux tuyau rouillé au-dessus d'elle. Elle chantait une chanson qu'elle ne pouvait pas entendre, une longue vibration pareille au mouvement du fleuve qui descendait le long de la coque.

Fintan et Bony entrèrent à l'intérieur de l'épave. Ils n'entendirent aucun bruit, sauf le sifflement de son souffle, rauque, oppressé. Oya était arc-boutée sur le sol, dans l'ancienne salle de bains, ses mains accrochées à quelque chose que Fintan prit d'abord pour une branche, et qui était le tuyau dont Okawho avait arraché un morceau pour briser le miroir. Bony aussi s'approcha. Il y avait un mystère, ici, ils ne pouvaient rien dire, seulement regarder. Quand Fintan était arrivé à l'embarcadère, à l'aube, Bony lui avait tout dit, la fuite d'Oya, l'enfant qui allait naître. Sur la pirogue de son oncle, Bony avait emmené Fintan jusqu'à l'épave. Bony ne voulait pas monter l'escalier de fer, mais il avait suivi Fintan. C'était quelque chose de terrible et d'attirant à la fois, et ils étaient restés un moment dans l'ombre, à l'intérieur de la coque, pour regarder.

Par moments, Oya soulevait son corps, comme si elle luttait, debout sur ses jambes écartées. Elle geignait doucement, d'une voix aiguë, comme une chanson. Fintan se souvenait, lorsque Okawho l'avait

renversée sur le sol, son regard étrange, son visage
basculé, comme si elle avait mal, et en même temps
elle était ailleurs. Il cherchait son regard, mais l'onde
de la douleur passait sur elle, elle rejetait son visage de
côté, vers l'ombre. La chemise blanche du dispensaire
était tachée de boue et de sueur, son visage brillait
dans la pénombre.

Le moment était venu, maintenant, après tous ces
mois pendant lesquels elle avait marché dans les rues
d'Onitsha, de sa démarche titubante. Fintan chercha
Bony du regard, mais il avait disparu. Sans un bruit, il
s'était glissé au-dehors, il avait pris la pirogue et il
avait ramé vers la rive, à la recherche des femmes du
dispensaire. Fintan était seul dans le ventre de l'épave
avec Oya qui accouchait.

Le moment était venu. Tout d'un coup elle s'était
tournée vers lui, elle l'avait regardé, et il s'était
approché d'elle. Elle serrait la main de Fintan à la
broyer. Lui aussi devait faire quelque chose, participer
à la naissance. Il ne sentait pas la douleur de sa main.
Il écoutait, il regardait cet événement extraordinaire.
Dans la coque du *George Shotton* quelque chose appa-
raissait, emplissait l'espace, grandissait, un souffle,
une eau débordante, une lumière. Le cœur de Fintan
battait à lui faire mal, tandis que l'onde glissait sur le
corps d'Oya, renversait son visage en arrière, ouvrait
sa bouche comme après une plongée. Soudain elle
poussa un cri et elle expulsa le bébé sur le sol, pareil à
un astre rouge dans le nuage du placenta. Oya se
pencha en avant, elle ramassa le bébé et avec ses dents
elle coupa le cordon, puis elle s'étendit en arrière, les

yeux fermés. L'enfant encore tout brillant des eaux de la naissance commença à crier. Oya l'approcha de ses seins gonflés. Le corps et le visage d'Oya brillaient aussi, comme si elle avait nagé dans les mêmes eaux.

Fintan sortit en titubant de l'intérieur de la coque. Ses vêtements étaient trempés de sueur. Dehors, le fleuve semblait du métal en fusion. Les rives étaient brouillées par un voile blanc. Fintan vit que le soleil était maintenant au zénith, et il ressentit un vertige. Tant de temps s'était écoulé, il s'était passé quelque chose de si important, de si extraordinaire, et cela ne lui avait paru qu'une brève minute, un frisson, un cri. Il entendait encore dans ses oreilles l'appel déchiré de l'enfant, puis, quand Oya avait guidé son corps si chétif vers la pointe de ses seins d'où coulait le lait. Il entendait encore la voix d'Oya, cette chanson qu'elle était la seule à entendre, une plainte, la vibration légère de l'eau du fleuve qui glissait autour de la coque. Fintan s'assit en haut de l'escalier de fer et il attendit que Bony revienne avec la pirogue du dispensaire.

La brève saison sèche était terminée. A nouveau, il y avait des nuages au-dessus du fleuve. Il faisait chaud et lourd, le vent ne se levait qu'à la fin du jour, après de longues heures d'attente. Maou ne quittait plus la chambre où Geoffroy était couché. Elle écoutait le toit de tôle craquer à la chaleur du soleil, elle suivait la montée de la fièvre dans le corps de Geoffroy. Il somnolait, son visage cireux mangé par la barbe, ses cheveux collés de sueur. Elle s'apercevait qu'il était devenu chauve sur le sommet du crâne, elle trouvait cela plutôt rassurant. Elle imaginait qu'il ressemblait à son père. Vers trois heures après midi, il ouvrait les yeux, son regard était vidé par la crainte. C'était comme un cauchemar. Il disait : « J'ai froid. J'ai tellement froid. » Elle lui donnait à boire un quart d'eau, avec le comprimé de quinine. C'était à chaque fois le même combat.

Les premiers jours, après le retour d'Aro Chuku, le docteur Charon avait répété ces mots terribles : « blackwater fever » — la malaria noire. Maou mettait dans la main de Geoffroy la pilule amère. Elle croyait qu'il la buvait avec l'eau. Mais Geoffroy s'enfonçait davantage. Il ne pouvait plus tenir debout. Il délirait. Il croyait que Sabine Rodes entrait dans sa chambre. Il criait des mots incompréhensibles, des injures en anglais. Il urinait avec difficulté, une pisse noire, pestilentielle. Elijah était venu le voir, il avait considéré Geoffroy un long moment, puis il avait dit en hochant la tête, comme s'il annonçait une décision regrettable : « Il va mourir. »

Maou avait compris. Geoffroy ne prenait pas les pilules de quinine. Dans son délire, il croyait que le docteur Charon voulait l'empoisonner. Maou avait trouvé les pilules cachées sous son oreiller. Geoffroy ne mangeait plus. Boire lui donnait des crampes d'estomac.

Le docteur était revenu avec une seringue. Après les deux premières injections de quinine, Geoffroy allait mieux. Il avait accepté de prendre les cachets. Les crises s'espaçaient, étaient moins terrifiantes. L'hémorragie avait cessé.

Fintan restait dans la maison, pour être avec Maou. Il ne posait pas de questions, mais dans son regard il y avait la même anxiété. Maou disait : « 104 ce matin. » Fintan ne connaissait pas les degrés Fahrenheit, elle traduisait : « 40 ».

Sous la varangue, Fintan lisait le *Guide du savoir*. C'était bien. On était loin de tout cela.

« Quelle est l'histoire qu'on raconte à propos de l'imprimerie ?

— On dit que Laurentius Coster, de Haarlem, s'amusait à sculpter des lettres dans l'écorce de bouleau et qu'il eut ainsi l'idée de les imprimer sur le papier à l'aide d'encre.

Qu'est-ce que le mercure, ou vif-argent?

— Un métal imparfait, ressemblant à de l'argent liquide, très utile pour l'industrie et la médecine. C'est le plus lourd des fluides.

Où le trouve-t-on?

— En Allemagne, en Hongrie, en Italie, en Espagne, et en Amérique du Sud.

N'y a-t-il pas une mine de mercure célèbre au Pérou?

— Oui, à Guanca Velica. Elle est exploitée depuis trois cents ans. C'est une véritable ville souterraine, avec des rues, des squares et une église. Des milliers de flambeaux l'éclairent jour et nuit. »

Fintan aimait rêver à toutes ces choses extraordinaires, ces rois, ces merveilles, ces peuples fabuleux.

C'est le matin, avant la pluie, quand la révolte a éclaté. Fintan a compris tout de suite. Marima est venue prévenir, il y avait une sorte de fièvre dans toute la ville. Fintan est sorti de la maison, il a couru sur la route de poussière. D'autres personnes se hâtaient vers la ville, des femmes, des enfants.

La révolte avait éclaté dans la maison de Gerald Simpson, parmi les forçats qui creusaient le trou de la piscine. Le D.O. avait cru que tout rentrerait facilement dans l'ordre et avait fait distribuer quelques coups de bâton. Les bagnards avaient attrapé un des gardes et l'avaient noyé dans le trou rempli d'eau boueuse, puis, on ne savait comment, certains s'étaient libérés de la chaîne et au lieu de s'enfuir s'étaient retranchés en haut du terrain, contre le grillage, et ils criaient et menaçaient le D.O. et les Anglais du Club.

Voyant que la situation lui échappait, Simpson s'était réfugié à l'intérieur de la maison, avec ses invités. Il avait téléphoné au Résident juste avant que les mutins ne fassent tomber le poteau, et le Résident avait alerté la caserne.

Fintan arriva en même temps que le camion militaire. Quand il vit la maison de Simpson, il sentit la peur lui serrer la gorge. Le ciel était si beau, avec ses boules de nuages, les arbres si verts, ça semblait incroyable qu'il y ait une telle violence.

Le lieutenant Fry est arrivé à cheval, et les soldats ont pris position autour du terrain, devant le grand trou d'eau boueuse. Il y avait le bruit des voix des forçats, les cris des femmes. Dans un porte-voix, le lieutenant donnait des ordres en pidgin que l'écho rendait inintelligibles.

Sur la terrasse de la maison blanche, les Anglais regardaient la scène, à demi cachés par les colonnades. Fintan reconnut la veste blanche de Gerald Simpson, ses cheveux blonds. Il aperçut aussi le pasteur anglican, et des gens qu'il ne connaissait pas. A côté de Simpson, il y avait un petit homme replet au visage très blanc surmonté d'un Cawnpore. Fintan pensa que ça devait être l'homme qu'on attendait, le remplaçant de Geoffroy à la United Africa, avec ce nom bizarre, Shakxon. Tous, ils restaient immobiles, attendant ce qui allait se passer.

Au fond du trou, à présent, les bagnards ne criaient plus, ils avaient cessé de menacer. Ceux qui étaient restés enchaînés se tenaient groupés au bord de l'eau boueuse, leurs visages brillant de sueur tournés vers le demi-cercle de soldats. La chaîne qui entravait leurs chevilles leur donnait l'air d'automates arrêtés dans leur mouvement. Plus haut, les forçats qui s'étaient libérés avaient reculé jusqu'au grillage. Ils avaient essayé de l'arracher, sans y parvenir. A certains endroits, le grillage formait un ventre. Les forçats criaient de temps en temps encore, mais c'était plutôt un chant de mort, un appel lugubre et résigné. Les soldats ne bougeaient pas. Le cœur de Fintan battait à grands coups dans sa poitrine.

Puis il y eut des cris. Les spectateurs abandonnèrent la terrasse et se précipitèrent vers l'intérieur de la maison, renversant les fauteuils de rotin et les tables. En regardant vers le trou boueux, Fintan vit de la fumée. Les bagnards enchaînés étaient tombés pêle-mêle sur le sol. Fintan réalisa alors qu'il avait entendu des coups de feu. Des corps étaient tombés au pied du grillage. Un noir très grand, torse nu, un de ceux qui avaient conduit la mutinerie, était resté à moitié accroché au grillage, comme un pantin disloqué. C'était terrifiant, la fumée des armes, et maintenant, le silence, le ciel vide, la maison blanche d'où les spectateurs avaient disparu. Les soldats couraient sur la pente, le fusil en avant, en un instant ils furent sur les forçats et les maîtrisèrent.

Fintan courait le long de la route. Ses pieds nus cognaient la terre rouge, l'air brûlait sa gorge comme s'il avait crié. Au bout de la rue, il s'arrêta, à bout de souffle. Sa tête était pleine du bruit des armes à feu.

« Viens vite ! »

C'était Marima. Elle le prit par le bras et l'entraîna. Son visage lisse avait une expression qui subjugua Fintan. Elle disait, danger, il ne faut pas rester ici. Elle ramena Fintan jusqu'à Ibusun. Sur la route, chaque fois qu'ils croisaient un groupe d'hommes qui descendaient vers le fleuve, elle cachait Fintan dans un pan de son voile.

Maou attendait dans le jardin, en plein soleil. Elle était pâle.

« J'ai eu peur, c'est terrible — qu'est-ce qui s'est passé en bas ? »

Fintan essayait de parler, il sanglotait. « Ils ont tiré, ils les ont tués, ils ont tiré sur les gens enchaînés, ils sont tombés. » Il serrait les dents pour ne pas pleurer. Il haïssait Gerald Simpson, le Résident et sa femme, le lieutenant, les soldats, il haïssait Shakxon surtout. « Je veux m'en aller d'ici, je ne veux plus rester. » Maou le serrait contre elle, elle caressait ses cheveux.

Plus tard, ce soir-là, après le dîner, Fintan alla voir Geoffroy. Geoffroy était dans son lit, en pyjama, pâle et maigre. Il lisait un journal à la lumière de la lampe à pétrole, tout près de son visage parce qu'il n'avait pas ses lunettes. Fintan vit la marque que les lunettes avaient creusée à la base du nez. Pour la première fois, il pensa qu'il était son père. Non pas un inconnu, un usurpateur, mais son propre père. Il n'avait pas rencontré Maou en mettant des petites annonces dans les journaux, il ne les avait pas attirés dans un piège en leur promettant des richesses. C'était lui que Maou avait choisi, elle l'aimait, elle s'était mariée avec lui, ils avaient fait un voyage de noces, en Italie, à San Remo. Maou lui avait raconté si souvent, à Marseille, elle avait parlé de la mer, des calèches qui roulaient le long de la plage, de l'eau si tiède quand ils se baignaient la nuit, de la musique dans les kiosques. C'était avant la guerre.

« Comment vas-tu, boy ? » dit Geoffroy. Sans les lunettes, ses yeux étaient d'un bleu vif, très jeunes.

« Est-ce que nous allons bientôt partir ? » demanda Fintan.

Geoffroy réfléchit un peu.

« Oui, tu as raison, boy. Je crois que ça sera bien de partir d'ici maintenant. »

« Et tes recherches ? Et l'histoire de la reine de Meroë ? »

Geoffroy se mit à rire. Ses yeux brillaient.

« Ah oui, tu sais tout ? C'est vrai, je t'ai un peu parlé de tout ça. Il faudrait que j'aille vers le nord, en Égypte aussi, au Soudan. Et puis il y a les documents, au British Museum, à Londres. Ensuite — » Il hésita, comme si tout cela avait du mal à reprendre un sens. « Ensuite, nous reviendrons, dans deux ou trois ans, quand tu auras un peu avancé tes études. Nous chercherons la nouvelle Meroë, plus en amont, là où le fleuve fait un grand W. Nous irons à Gao, là où tout a com-

mencé, le Bénin, les Yorubas, les Ibos, nous chercherons les manuscrits, les inscriptions, les monu-
ments. »

Tout d'un coup la fatigue vida son regard, sa tête se
rappuya sur l'oreiller.

« Plus tard, boy, plus tard. »

Cette nuit-là, Fintan, avant de dormir, enfouit son
visage dans le creux du cou de Maou, comme il faisait,
autrefois, à Saint-Martin. Elle lui caressait les cheveux, elle lui chantait des comptines en ligure, celle
qu'il aimait bien, sur le pont de la Stura :

> « *Al tram ch'a va Caïroli*
> *Al Bourg-Neuf as ferma pas !*
> *S'ferma mai sul pount d'la Stura*
> *S'ferma mai sul pount d'la Stura*
> *per la serva del Cura.*
> *Chiribi tantou countent quant a lou sent*
> *che lou cimenta !*
> *Ferramiu, ferramiu, ferramiu,*
> *Sauta Giu !* »

Au lever du jour, Okawho a lancé la longue pirogue sur l'eau du fleuve. Oya est assise à la proue, à la place qu'elle aime. Sur son dos son bébé est enveloppé dans un grand tissu bleu. De temps en temps, elle le tourne jusqu'à son sein pour qu'il suce le lait. C'est un garçon, elle ne sait pas son nom. Il s'appelle Okeke, parce qu'il est né le troisième jour de la semaine. La pirogue descend lentement le courant, passe devant les embarcadères où les pêcheurs attendent. Okawho ne se retourne même pas pour regarder la maison de Sabine Rodes, déjà loin, perdue dans les arbres. Quand il est revenu d'Aro Chuku, il a acheté la pirogue à un pêcheur du fleuve, il a fait quelques provisions sur le Wharf, du riz, du poisson séché, des camarons, des boîtes de conserve, une lampe à pétrole et quelques ustensiles pour la cuisine, ainsi qu'un coupon de tissu. Puis il est allé chercher Oya au dispensaire, et il l'a emmenée avec son fils.

La pirogue glisse dans le courant, sans effort, c'est à peine si Okawho doit appuyer de temps à autre sur la pagaie. Elle va vers le bas, vers les pays du delta, vers

Degema, vers Brass, vers l'île de Bonny. Là où la vague de la marée remonte le fleuve, où les poissons-scies et les dauphins circulent dans l'eau trouble. Le soleil étincelle sur le fleuve sombre. Les oiseaux s'envolent devant la proue de la pirogue, fuient vers les îles. Derrière Okawho et Oya, il y a la grande ville de tôle et de planches, le Wharf, l'usine de bois dont le moteur commence à ronronner. Il y a les deux grandes îles étendues au ras de l'eau, et la carcasse du *George Shotton*, pareille à un animal antédiluvien. Déjà tout s'efface dans le lointain, se confond avec la ligne des arbres. Quand Okawho est revenu d'Aro Chuku, il n'est pas allé dans la maison de Sabine Rodes. Il a dormi dehors, près du dispensaire. Il était déjà parti, déjà loin, avec Oya, dans un autre monde. Sabine Rodes ne comprenait pas. Il a marché à travers la ville, lui qui ne sortait de sa maison que pour aller sur le fleuve, il a cherché Okawho près du Wharf. Il a même osé venir jusqu'à Ibusun, pour espionner. Il a questionné les sœurs, au dispensaire. C'était la première fois que quelque chose, quelqu'un, lui échappait. Puis, quand il a eu compris, il s'est enfermé dans sa grande salle lugubre, la salle des masques, aux volets toujours fermés, et il s'est assis dans un fauteuil pour fumer.

La pirogue glisse lentement sur l'eau du fleuve. Okawho ne dit rien, il a l'habitude du silence. Oya a couché son fils à l'avant de la pirogue, sous un toit de branches sur lequel elle a étendu le tissu bleu. Le soleil monte lentement dans le ciel, il traverse le fleuve comme sur une immense arche invisible. Jour après jour ils naviguent vers l'estuaire. Le fleuve est vaste comme la mer. Il n'y a plus de rive, plus de terre, seulement les radeaux des îles perdues dans les remous de l'eau. Là-bas, sur l'île de Bonny, les grandes compagnies pétrolières, Gulf, British Petroleum, ont envoyé leurs prospecteurs sonder la boue du fleuve. Sabine Rodes les a vus arriver un jour, sur l'embarcadère, de drôles de géants très rouges, habillés avec des chemises de couleur, des casquettes. Personne n'en avait jamais vu comme eux sur le fleuve. Il a dit à Okawho, mais peut-être qu'il parlait pour lui-même : « La fin de l'empire. » Les étrangers se sont installés au sud, à Nun River, à Ughelli, à Ignita, Apara, Afam. Tout va changer. Les pipe-lines vont courir à travers la mangrove, sur l'île de Bonny il y aura une ville nouvelle, les plus grands cargos du monde viendront, il y aura des cheminées très hautes, des hangars, des réservoirs géants.

La pirogue glisse sur l'eau couleur de métal rouillé. Les nuages sont levés au-dessus de la mer, ils forment une voûte ténébreuse. Oya est debout, elle attend la pluie. Le rideau avance sur le fleuve, efface les rives. Il n'y a plus d'arbres, plus d'îles, il n'y a que l'eau et le ciel confondus dans le nuage mobile. Oya se déshabille, elle est debout à la proue, son fils serré contre sa hanche, sa main gauche tient la longue perche posée sur l'étrave. Okawho appuie sur la pagaie, ils entrent dans le rideau de pluie. Puis l'orage passe, remonte le fleuve vers la forêt, vers les plaines d'herbes, vers les lointaines collines. Quand la nuit vient, il y a une lumière rouge à l'horizon, du côté de la mer, qui guide les voyageurs comme une constellation.

Le 28 novembre 1902 Aro Chuku est tombé aux mains des Anglais, presque sans résister. Au lever du jour, les troupes du lieutenant-colonel Montanaro ont retrouvé les trois autres corps expéditionnaires dans la savane, à quelque distance de l'oracle. Dans la fraîcheur du matin, avec le ciel très bleu, cela ressemblait davantage à une promenade dans la campagne. Les soldats noirs, Ibos, Ibibios, Yorubas, qui avaient d'abord redouté cette expédition contre l'oracle, le *Long Juju,* se rassurent en voyant libre l'étendue de la savane. La sécheresse a craqué la terre, l'herbe jaunie est si sèche qu'une étincelle pourrait transformer la prairie en brasier.

Silencieusement, sous la conduite des éclaireurs d'Owerri, les troupes de Montanaro marchent vers le nord, bivouaquent au bord d'un ruisseau affluent de la rivière Cross. L'oracle est maintenant si proche que, le soir, les soldats voient la fumée des maisons, et qu'ils entendent les coups sourds d'Ekwe, le grand tambour de guerre. Dans la nuit, des histoires étranges commencent à courir dans le camp des mercenaires. On dit que l'oracle *ofa* a parlé, annonçant la victoire des Aros et la défaite et la mort de tous les Anglais. Mis au courant de ces racontars, Montanaro, craignant la désertion, décide d'attaquer Aro Chuku cinq jours plus tard, le 2 décembre. Ayant fait encercler l'oracle, les canons tirés à travers la savane entrent en action. A l'aube du 3 décembre, alors que pas un ennemi ne s'est encore montré, la première troupe de Montanaro attaque le village, armée de mitrailleuses Maxim et de fusils millimétriques. Il y a quelques coups de feu en riposte, des mercenaires sont tués. Les Aros, ayant épuisé leur poudre, tentent une sortie, armés seulement de lances et d'épées, et sont anéantis par les rafales des Maxim.

Vers deux heures après midi, sous un soleil resplendissant, les troupes du lieutenant-colonel Montanaro entrent dans l'enceinte du palais d'Oji, roi d'Aro Chuku. Dans les ruines du palais de boue séchée, éventré par les obus, le trône couvert de peaux de léopard est vide. A côté se tient un enfant de dix ans à peine, qui dit s'appeler Kanu Oji, être le fils du roi, et que son père est mort sous les décombres. L'enfant, immobile et impassible malgré la peur qui agrandit ses yeux, regarde les troupes entrer dans les restes du palais, piller les objets et les joyaux rituels. Sans une larme, sans une plainte, il part rejoindre la foule des prisonniers rassemblés devant les ruines du palais, femmes, vieillards, esclaves, maigres et affamés.

« Où est l'oracle ? *Long Juju ?* » demande Montanaro.

Kanu Oji conduit les officiers anglais le long d'un ruisseau, jusqu'à une sorte de crique entourée de grands arbres. Là, dans un ravin appelé Ebritum, ils trouvent l'oracle qui a embrasé tout l'Ouest africain : un grand fossé de forme ovale, d'environ soixante-dix pieds de profondeur, de soixante yards de long et cinquante de large.

Au bord du torrent, Montanaro et les autres officiers passent deux barrières d'épines, qu'ils abattent à coups de sabre. Dans une clairière, l'eau se divise, formant une île rocheuse. Sur l'île, deux autels sont dressés, l'un entouré de fusils canons fichés dans la terre, crosses coiffées de crânes humains. L'autre, en forme de pyramide, porte les ultimes offrandes : des jarres de vin de palme, des pains de cassave. Au sommet du rocher, une hutte de roseaux au toit couvert de crânes. Un silence de mort plane sur l'oracle.

A coups de pioche, Montanaro fait démolir les autels. Sous le tas de pierres, on ne trouve rien. L'armée boute le feu aux maisons du village, achève de raser le palais d'Oji. L'enfant regarde brûler la maison de son père. Son visage lisse n'exprime ni haine ni tristesse. Sur son front et sur ses joues brille le signe *itsi*, le soleil et la lune et les plumes des ailes et de la queue du faucon.

Les derniers guerriers aros sont emmenés comme prisonniers de guerre vers Calabar. Montanaro fait creuser une grande fosse où l'on jette les corps des ennemis qui ont été tués, ainsi que les crânes qui ornaient les autels. Le reste du peuple, femmes, enfants, vieillards, forme une longue colonne qui se met en marche vers Bende. De là, les derniers Aros se répartissent dans les villages du Sud-Est, Owerri, Aboh,

Osomari, Awka. Aro Chuku, l'oracle, a cessé d'exister. Seul vit encore, sur le visage des enfants premiers-nés, le signe *itsi*.

Ils ne sont pas emmenés en esclavage, ils ne portent pas de chaînes, car tel est le privilège des Umundri, les fils de Ndri. En mémoire du pacte, du premier sacrifice, quand sur les corps des enfants avaient poussé les premières récoltes nourricières.

Les Anglais ne savent rien de cette alliance. Les enfants de Ndri commencent leur errance, mendiant leur nourriture sur les marchés, de ville en ville, voyageant sur les longues pirogues de pêche. Ainsi a grandi Okawho, jusqu'à ce qu'il rencontre Oya, qui porte enfermée en elle le dernier message de l'oracle, en attendant le jour où tout pourra renaître.

Sur le lit de sangles, Geoffroy écoute la respiration de Maou. Il ferme les yeux. Il sait qu'il ne verra pas ce jour. La route de Meroë s'est perdue dans le sable du désert. Tout s'est effacé, sauf les signes *itsi* sur les pierres et sur le visage des derniers descendants du

247

peuple d'Amanirenas. Mais il n'est plus impatient. Le temps n'a pas de fin, comme le cours du fleuve. Geoffroy se penche sur Maou, tout près de son oreille il murmure comme autrefois, les mots qui la faisaient sourire, sa chanson : « I am so fond of you, Marilu. » Il sent son odeur de la nuit, douce et lente, il écoute la respiration de Maou qui dort, et tout d'un coup, c'est ce qu'il y a de plus important au monde.

La pluie tombait à verse sur Port Harcourt quand le chauffeur de M. Rally a rangé la V 8 verte sur le quai, devant les bureaux de la Holland Africa Line, comme Geoffroy l'avait fait, il y avait plus d'un an, pour attendre Maou et Fintan à la descente du bateau. Mais cette fois, ce n'était pas le *Surabaya* qui était à quai. C'était un bateau beaucoup plus grand et plus moderne, un cargo porte-conteneurs qui n'avait pas besoin d'être dérouillé, et qui s'appelait l'*Amstelkerk*. Le chauffeur a coupé le contact, et Geoffroy est descendu de la V 8, aidé par Maou et Fintan. La voiture ne lui appartenait plus. Quelques jours auparavant, il l'avait vendue à M. Shakxon, l'homme qui allait occuper sa place dans les bureaux de la United Africa. Au début, Geoffroy était indigné : « Cette voiture est à moi, je préfère la donner à Elijah que la vendre à ce... à ce Shakxon ! » Le résident Rally était intervenu, avec sa politesse de gentleman. « Il vous la rachète un bon prix, et ça lui rendra service, ce qui veut dire à toute notre communauté, vous comprenez ? » Maou avait dit : « Si tu la donnes à Elijah, ils la lui reprendront, il

249

n'en tirera aucun avantage. Il ne sait même pas conduire. » Geoffroy avait fini par céder, à condition que ce soit Rally qui s'occupe de la transaction, et qu'il puisse se servir de l'auto pour aller jusqu'au bateau qui les emmenait en Europe. Le Résident avait même offert son chauffeur : Geoffroy n'était pas en état de conduire.

Pour Ibusun, ç'avait été plus difficile. Quand Shakxon avait réclamé de s'installer tout de suite dans la maison, Fintan avait dit : « Quand on partira, je la brûlerai ! » Pourtant, il avait bien fallu s'en aller, et tout débarrasser très vite. Maou avait donné beaucoup de choses, des caisses de savon, de la vaisselle, des provisions. Dans le jardin d'Ibusun, il y avait eu une sorte de fête, une kermesse. Maou avait beau avoir l'air enjoué, c'était très triste, avait pensé Fintan. Geoffroy, lui, s'était enfermé dans son bureau, il triait les papiers, les livres, il brûlait ses notes, comme si c'étaient des archives secrètes.

Les femmes drapées dans leurs longues robes formaient une file d'attente, jusqu'à Maou et Marima. Elles repartaient, chacune avec son lot, une casserole, des assiettes, du savon, du riz, de la confiture, des boîtes de biscuits, du café, un drap, un coussin. Les enfants couraient sous la varangue, entraient dans la maison, chapardaient des choses, des crayons, des ciseaux. Ils avaient coupé les cordes de la balançoire et du trapèze, emporté les hamacs. Fintan n'était pas content. Maou haussait les épaules : « Laisse, qu'est-ce que ça peut faire ? Shakxon n'a pas d'enfants. »

Vers cinq heures du soir, la fête était finie. Ibusun

était vide, plus vide que lorsque Geoffroy s'était installé, avant l'arrivée de Maou. Il était fatigué. Il s'était allongé sur le lit de camp, le seul meuble qui restait dans la chambre. Il était pâle, la barbe grise couvrait ses joues. Avec ses lunettes de métal, ses chaussures de cuir noir aux pieds, il paraissait un vieux soldat aux arrêts. Pour la première fois, Fintan avait senti quelque chose en le regardant. Il avait envie de rester auprès de lui, de lui parler. Il avait envie de lui mentir, de lui dire qu'on reviendrait, qu'on recommencerait, qu'on partirait sur le fleuve jusqu'à la nouvelle Meroë, jusqu'à la stèle d'Arsinoë, jusqu'aux marques laissées par le peuple d'Osiris.

« Partout où tu iras, j'irai avec toi, je serai ton assistant, nous découvrirons les secrets, nous serons des savants. » Fintan se souvenait des noms qu'il avait vus dans les cahiers de Geoffroy, Belzoni, Vivant Denon, David Roberts, Prisse d'Avennes, les Colosses noirs d'Abou Simbel, découverts par Burckhardt. Un instant les yeux de Geoffroy brillaient, comme quand il avait vu la lumière du soleil dessiner les marques *itsi* sur la pierre de basalte, à l'entrée d'Aro Chuku. Puis il s'endormait, épuisé, le visage blanc comme un mort, les mains froides. Le docteur Charon avait dit à Maou : « Emmenez votre mari en Europe, faites-le manger. Ici, il ne guérira jamais. » On partait. On irait à Londres, ou bien en France, à Nice peut-être, pour être plus près de l'Italie. On aurait une autre vie. Fintan irait à l'école. Il aurait des amis de son âge, il apprendrait à jouer à leurs jeux, à rire avec eux, à se battre comme des enfants, sans toucher au visage. Il irait à vélo, à patins, il mangerait des pommes de terre, du pain blanc, il boirait du lait, du sirop, il mangerait des pommes. Il ne mangerait plus de poisson séché, de piment, de plantain, d'okra. Il oublierait le foufou, l'igname rôtie, la soupe d'arachides. Il apprendrait à marcher avec des chaussures, à traverser les rues entre les autos. Il oublierait le pidgin, il ne dirait plus : « Da buk we yu bin gimmi a don los am. » Il ne dirait plus « Chaka ! » à l'ivrogne qui titube sur la route de poussière. Il n'appellerait plus « Nana » la vieille Ugo, la grand-mère de Bony. Elle ne l'appellerait plus par ce petit nom doux qu'il aimait : « Umu. » A Marseille, la grand-mère Aurelia pourrait lui dire à nouveau « bellino », en l'embrassant bien fort, et l'emmener au cinéma. C'était comme s'il n'était jamais parti.

La dernière journée à Ibusun, Fintan était sorti très tôt, avant l'aube, pour courir encore une fois pieds nus à travers la grande plaine d'herbes. Près des châteaux des termites, il avait attendu que le soleil paraisse. Tout était si vaste, le ciel lavé par les pluies, envahi par les volutes des nuages. Le bruit du vent léger dans l'herbe, les crissements des insectes, les cris des pintades, quelque part à l'abri des arbres. Fintan avait attendu un long moment, sans bouger.

Même, il avait entendu un serpent glisser près de lui dans les herbes, avec un lent bruissement d'écailles. Fintan lui avait parlé à haute voix, comme faisait Bony : « Serpent, tu es chez toi, c'est ta maison, laisse-moi passer. » Il avait pris un peu de terre rouge et il l'avait frottée sur son visage, sur son front, sur ses joues.

Bony n'était pas venu. Depuis la révolte des forçats, il ne voulait plus revoir Fintan. Parmi ceux que l'armée du lieutenant Fry avait fusillés contre le grillage, il y avait son frère aîné, son oncle. Un jour ils s'étaient rencontrés sur la route d'Omerun. Bony avait un visage fermé, des yeux indistincts derrière ses paupières obliques. Il n'avait rien dit, il n'avait pas jeté de caillou, ni lancé d'insulte. Il était passé, et Fintan avait ressenti de la honte. De la colère aussi, et il avait des larmes dans les yeux, parce que ce qu'avaient fait Simpson et le lieutenant Fry n'était pas de sa faute. Il les haïssait autant que Bony. Il l'avait laissé partir. Il avait pensé : « Si je tuais Simpson, est-ce que je pourrais revoir Bony ? » Alors il était allé jusqu'à la maison blanche près du fleuve. Il avait vu la grille déformée, là où le sang avait coulé et imprégné la boue. Le grand trou de la piscine paraissait une tombe inondée. L'eau était boueuse, couleur de sang. Il y avait deux soldats armés de fusils en faction devant le portail. Mais la maison semblait étrangement vide, abandonnée. Tout d'un coup, Fintan avait compris que Gerald Simpson n'aurait jamais sa piscine. Après ce qui s'était passé, plus personne ne viendrait creuser la terre. Le grand trou se remplirait d'eau boueuse à chaque saison, les crapauds viendraient y chanter la nuit. Cela l'avait fait rire, d'un rire qui était comme une vengeance. Simpson avait perdu.

Le groupe d'arbres, en haut de la butte, était solitaire. De là, Fintan pouvait voir les maisons d'Omerun, et partout alentour, les fumées des autres villages qui montaient dans l'air froid du matin.

C'était un jour comme un autre qui commençait. Il y avait des bruits de voix, des cris de chiens. Le tintement aigu du marteau du forgeron, les coups sourds des pilons en train d'écraser le mil. Fintan croyait sentir la bonne odeur des repas qui se préparaient, le poisson frit, l'igname cuite, le foufou. C'était la dernière fois. Il marcha lentement jusqu'au fleuve. Le premier embarcadère était désert. Les planches pourries s'effondraient progressivement, mettant à nu les poteaux noircis, incrustés d'herbes. Plus bas, amarré au Wharf, il y avait le bateau de Degema venu ramasser les ignames et le plantain, un drôle de bateau en bois qui ressemblait aux caravelles des Portugais. En se réveillant, Fintan avait entendu le coup de sirène, et il avait sursauté. Il avait pensé que Geoffroy l'avait entendu lui aussi : c'était le jour où le courrier lent arrivait par le fleuve, ainsi que les marchandises de consommation courante. On allait débarquer les caisses de savon devant le hangar de la United Africa, et le vieux Moises allait les tirer à l'ombre des toits de tôle. Shakxon était peut-être déjà là, impatient, allant et venant sur le Wharf, vêtu de son impeccable costume de lin blanc (qu'il changeait deux fois par jour), coiffé du casque Cawnpore. Le résident Rally était peut-être venu, lui aussi, pour accueillir les visiteurs éventuels, bavarder avec le capitaine. Simpson, lui, manquait sûrement à l'appel. A la suite de l'émeute, il avait été convoqué à Port Harcourt. Le bruit courait déjà qu'il allait être envoyé ailleurs, peut-être rappelé à Londres, derrière un bureau où il serait moins dangereux.

Fintan s'était assis sur l'embarcadère en ruine, pour regarder le fleuve. A cause des pluies, le fleuve était en crue. L'eau sombre, lourde, descendait en formant des tourbillons, entraînant des branches arrachées aux arbres, des feuilles, de la mousse jaune. Parfois un objet hétéroclite passait, venu on ne savait d'où, une bouteille, une planche, un vieux panier, un chiffon. Bony disait que c'était la déesse qui vivait à l'intérieur du fleuve, on l'entendait respirer et geindre la nuit, elle arrachait les jeunes gens sur les rives et elle les noyait. Fintan pensait à Oya, à son corps étendu dans la salle obscure, son souffle rauque au moment de la naissance. Fintan avait regardé le bébé venir au monde, sans oser bouger, sans pouvoir rien dire. Puis, quand l'enfant avait poussé son premier cri, un cri violent, grinçant, il avait bondi sur le pont pour attendre Bony et les secours. C'était Maou qui avait accompagné Oya jusqu'au dispensaire, qui avait veillé sur elle. Fintan ne pourrait pas oublier comment Oya tenait son enfant serré contre elle, tandis qu'on la portait sur une civière jusqu'à l'hôpital. L'enfant était un garçon, il n'avait pas de nom. Maintenant, Oya était partie avec son fils, elle ne reviendrait jamais.

Au milieu du fleuve, à la pointe de Brokkedon, l'épave était à peine visible. Tout d'un coup, Fintan ressentit une inquiétude très grande, comme si cette coque, là-bas, était la chose la plus importante de sa vie. Sur l'autre embarcadère, il trouva une pirogue, et il se lança vers le milieu du fleuve, dans la direction d'Asaba. Bony lui avait appris à pagayer, en enfonçant la rame un peu de biais et en la laissant un instant le long de la pirogue pour aller bien droit. L'eau du fleuve était sombre, l'autre rive était déjà dans les nuages. Au milieu des arbres, les ampoules électriques de la scierie brillaient.

Bientôt, la pirogue fut au milieu de l'eau. Le courant était puissant, il y avait un bruit de cascade autour de la pirogue, et Fintan sentit qu'il dérivait en aval. Un instant, il parvint à maintenir le cap sur l'épave. Le *George Shotton* avait commencé à sombrer, comme l'avait annoncé Sabine Rodes. C'était juste une forme, une sorte de grand ossement noir qui sortait au milieu des roseaux, pareil à la mâchoire d'un cachalot, où s'étaient accrochés les troncs emportés par la crue et les paquets d'écume jaune rejetée par les tourbillons. Les coups des arbres déracinés avaient crevé le pont, l'eau était entrée à l'intérieur de l'épave. Tandis que le courant l'emportait devant l'îlot, Fintan vit que les escaliers par lesquels Oya et Okawho étaient montés avaient été arrachés par la crue. Il ne restait plus que le dernier palier et la longue rampe qui plongeait dans le courant en s'agitant. Les oiseaux n'habitaient plus dans l'épave.

A la pointe de Brokkedon, la pirogue sortit du chenal et entra dans la zone calme. Asaba était toute proche. Fintan voyait avec netteté le quai, les bâtiments de la scierie. Le cœur serré, Fintan fit demi-tour vers Onitsha. Oya était partie. C'était elle qui gardait le *George Shotton*. Sans elle, les troncs errants allaient

détruire ce qui restait de l'épave, et la boue l'enseveli-
rait.

L'après-midi, avant la pluie, Fintan fabriqua une
dernière fois des poupées de terre comme il avait
appris. Bony disait : « Faire les dieux. » Avec soin, il
façonna les masques d'Eze Enu qui vit dans le ciel,
Shango qui jette l'éclair, et les deux premiers enfants
du monde, Aginju et sa sœur Yemoja, dont la bouche a
fait naître l'eau des fleuves. Il fit aussi des soldats et
des esprits, et les bateaux sur lesquels ils naviguent, et
les maisons qu'ils habitent. Quand il eut terminé, il les
mit à cuire au soleil, sur le ciment de la terrasse.

Dans la maison vide, Maou et Geoffroy dormaient,
dans la chambre aux volets fermés. Ils étaient allongés
l'un à côté de l'autre sur le lit étroit. De temps en
temps, ils se réveillaient, Fintan entendait leurs voix,
leurs rires. Ils avaient l'air heureux.

C'était une journée très longue, une journée presque
sans fin, comme celle qui avait précédé le départ de
Maou et de Fintan, à Marseille.

Fintan ne voulait pas se reposer. Il voulait tout voir,
tout garder, pour les mois, pour les années. Chaque
rue de la ville, chaque maison, chaque boutique du
marché, les ateliers de tissage, les hangars du Wharf. Il
voulait courir pieds nus, sans s'arrêter, comme le jour
où Bony l'avait emmené jusqu'au bord du vide, sur la
grande pierre grise d'où il avait vu le ravin et la vallée
de la rivière Mamu. Il voulait se souvenir de tout, pour
la vie. Chaque chambre d'Ibusun, chaque marque sur
les portes, l'odeur du ciment frais dans la chambre de
passage, le tapis aux scorpions, le limettier du jardin

aux feuilles cousues par les fourmis, le vol des vautours dans le ciel d'orage. Debout sous la varangue, il regardait les éclairs. Il attendait le grondement du tonnerre, comme au lendemain de son arrivée. Il ne pouvait rien oublier.

La pluie arrivait. Fintan ressentit une ivresse, comme les premiers jours, après son arrivée. Il se mit à courir à travers les herbes, sur la pente qui allait vers la rivière Omerun. Au milieu de la prairie, il y avait les châteaux des termites, pareils à des tours de terre cuite. Fintan trouva dans les herbes une branche d'arbre brisée par l'orage. Avec une rage appliquée, il commença à frapper les termitières. Chaque coup résonnait jusqu'au fond de son corps. Il frappait les termitières, il criait, avec la gorge : Raou, raah, arrh ! Les pans de murs s'écroulaient, jetant à la lumière mortelle du soleil les larves et les insectes aveugles. De temps en temps, il s'arrêtait pour respirer. Les mains lui faisaient mal. Dans sa tête, il entendait la voix de Bony qui lui disait : « Mais ce sont des dieux ! »

Plus rien n'était vrai. A la fin de cet après-midi, à la fin de cette année, il ne restait plus rien, Fintan n'avait rien gardé. Tout était mensonger, pareil aux histoires qu'on raconte aux enfants pour voir leurs yeux briller.

Fintan s'était arrêté de frapper. Il avait pris un peu de terre rouge dans ses mains, une poussière légère où vivait une larve précieuse comme une gemme.

Le vent de la pluie soufflait. Il faisait froid, comme la nuit. Le ciel, du côté des collines, était couleur de suie. Les éclairs dansaient sans arrêt.

Maou regardait le même côté du ciel, assise sur les marches de la varangue. Il avait fait si chaud le matin, le soleil brûlait encore à travers la tôle. Dehors il n'y avait aucun bruit. Fintan courait dans la prairie. Maou savait qu'il ne rentrerait qu'à la nuit. C'était la dernière fois. Elle pensait à cela sans tristesse. Maintenant, ils auraient une nouvelle vie. Elle n'arrivait pas à imaginer comment ça serait, si loin d'Onitsha. Ce qu'elle imaginait qu'elle regretterait, là-bas, en Europe, c'est la douceur des visages des femmes, les rires des enfants, leurs caresses.

Il y avait quelque chose de changé en elle. Marima avait mis la main sur son ventre, elle avait dit le mot « enfant ». Elle avait dit le mot pidgin, « pikni ». Maou avait ri, et Marima s'était mise à rire, elle aussi. Mais c'était la vérité. Comment Marima avait-elle deviné? Dans le jardin, Marima avait interrogé la mante religieuse qui sait tout sur le sexe des enfants qui vont naître. La mante avait replié ses pinces sur sa poitrine : « C'est une fille », avait conclu Marima. Maou avait ressenti un frisson de bonheur. « Je l'appellerai Marima, comme toi. » Marima avait dit : « Elle est née ici. » Elle montrait la terre alentour, les arbres, le ciel, le grand fleuve. Maou se souvenait de ce que Geoffroy lui avait raconté, autrefois, avant de partir pour l'Afrique : « Là-bas, les gens croient qu'un enfant est né le jour où il a été créé, et qu'il appartient à la terre sur laquelle il a été conçu. »

Marima était la seule à savoir. « Ne le dis pas, à personne. » Marima avait secoué la tête.

Maintenant, Marima était partie. A midi, Elijah a fait ses adieux. Il retournait dans son village, de l'autre côté de la frontière, à Nkongsamba. Il a serré les mains de Geoffroy allongé sur le lit. Dehors, Marima attendait au soleil, devant la maison. Elle était au milieu de tous ses bagages, des valises, des cartons pleins de casseroles. Il y avait même une machine à coudre, une belle Triumph que Maou lui avait achetée sur le Wharf.

Maou est descendue, elle a embrassé Marima. Elle savait bien qu'elle ne la reverrait pas, et pourtant ça n'était pas triste. Marima a pris les mains de Maou, elle les a posées à plat sur son ventre, et Maou a senti qu'elle aussi, elle attendait un bébé. C'était la même bénédiction.

Puis un camion bâché est venu, il s'est arrêté sur la route. Marima et Elijah ont hissé leurs affaires sur la plate-forme, et Marima est montée devant, à côté du chauffeur. Ils sont partis dans un nuage de poussière rouge.

Avant cinq heures, la pluie a commencé à tomber. Fintan était assis à l'endroit qu'il aimait, sur un talus, un peu au-dessus du grand fleuve. Il voyait l'autre rive, la ligne sombre des arbres, les falaises rouges qui ressemblaient à un mur. Au-dessus d'Asaba, le ciel était noir, un trou creusé jusqu'au néant. Les nuages couraient au ras des arbres, étendaient des filaments, glissaient en un mouvement de reptile. Le fleuve était encore éclairé par le soleil. L'eau était immense, couleur de boue, pailletée d'or. On voyait les îles à moitié émergées. Au loin, Jersey, entourée d'îlots à peine plus grands que des pirogues. En dessous, à l'embouchure de l'Omerun, Brokkedon effilée, indistincte. Le *George Shotton* avait probablement sombré dans la nuit, il n'en restait plus rien. Fintan pensait que c'était mieux ainsi. Il se rappelait ce que Sabine Rodes répétait sur la chute de l'empire. Maintenant qu'Oya et Okawho étaient partis, tout allait changer, disparaître comme l'épave, s'en aller dans les alluvions dorées du fleuve.

Au premier plan, devant Fintan, les arbres se découpaient sur la lumière du ciel. La terre craquelée attendait l'orage. Fintan pensait qu'il connaissait chaque arbre au bord du fleuve, le grand manguier au feuillage en boule, les arbustes épineux, les panaches gris des palmiers inclinés par le vent du nord. Sur les terres pelées, devant les maisons, les enfants jouaient.

Soudain, l'orage fut sur le fleuve. Le rideau de la pluie recouvrit Onitsha. Les premières gouttes frappèrent le sol en crépitant, soulevant des nuages de poussière âcre, arrachant les feuilles des arbres. Elles griffèrent le visage de Fintan, en un instant il fut trempé.

En bas, les enfants qui s'étaient cachés reparurent, criant et courant à travers les champs. Fintan sentit un bonheur sans limites. Il fit comme les enfants. Il ôta ses habits, et vêtu seulement de son caleçon il se mit à courir sous les coups de la pluie, le visage tourné vers le ciel. Jamais il ne s'était senti aussi libre, aussi vivant. Il courait. Il criait : Ozoo ! Ozoo ! Les enfants nus, brillants sous la pluie, couraient avec lui. Ils répondaient : Oso ! Oso ! Cours ! L'eau coulait dans sa bouche, dans ses yeux, si abondante qu'il suffoquait. Mais c'était bon, c'était magnifique.

La pluie ruisselait sur la terre, couleur de sang, emportant tout avec elle, les feuilles et les branches des arbres, les détritus, même des chaussures perdues. A travers le rideau de gouttes, Fintan voyait l'eau du fleuve immense et gonflée. Jamais il n'avait été aussi proche de la pluie, aussi plein de l'odeur et du bruit de la pluie, plein du vent froid de la pluie.

Quand il rentra à Ibusun, Maou l'attendait, debout sous la varangue. Elle semblait en colère. Ses yeux étaient durs, presque méchants, elle avait un pli amer de chaque côté de la bouche. « Mais qu'est-ce que tu as ? » Maou ne répondait pas. Elle attrapa Fintan par le bras, elle le poussa à l'intérieur de la maison. Elle lui faisait mal. Il ne comprenait pas. « Tu as vu dans quel état tu es ? » Elle ne criait pas, mais elle parlait durement. Puis d'un seul coup elle s'effondra sur une chaise. Elle appuyait ses mains sur son ventre. Fintan vit qu'elle pleurait.

« Pourquoi tu pleures, Maou, tu es malade ? » Fintan avait le cœur serré. Il mit sa main sur le ventre de Maou.

« Je suis fatiguée, fatiguée. Je voudrais tellement être loin, que tout soit fini. »

Fintan entoura Maou de ses bras, il la serra très fort.

« Ne pleure pas, tout ira bien, tu verras. Je resterai toujours avec toi, même quand tu seras vieille. »

Maou réussit à sourire à travers ses larmes.

Dans la pénombre de la chambre, Geoffroy avait les yeux ouverts. Le bruit de l'orage allait crescendo. Les éclairs illuminaient la chambre vide.

Cette nuit-là, après un repas bâclé (une soupe Campbell chauffée sur le réchaud à pétrole, une boîte de haricots rouges, des biscuits, et les derniers morceaux de fromage de Hollande raclés au fond de la croûte rouge) Maou et Fintan se sont couchés dans le même lit, pour ne pas gêner Geoffroy. Le grondement du tonnerre les garda éveillés presque jusqu'à l'aube. La V 8 verte n'allait pas tarder. Le chauffeur de M. Rally serait là au premier rayon de soleil.

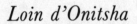

Loin d'Onitsha

Bath Boys' Grammar School, automne 1968

Fintan regarde la classe de français, et il pense qu'il n'a pas oublié leurs noms, tous ces noms, Warren, Johnson, Lloyd, James, Strand, Harrison, Beckford, Metcalfe, Andrew, Dixon, Mall, Pembro, Calway, Putt, Tinsley, Temple, Watts, Robin, Gascoyne, Goddard, Graham Douglas, Stapilton, Albert Trillo, Say, Holmes, Le Grice, Somerville, Love. Quand il est entré au collège, il a pensé que rien n'aurait d'importance, que ce serait un travail comme un autre, juste des visages, des apparences. Le dortoir des pensionnaires est une grande salle froide aux fenêtres grillagées. Par les fenêtres, on voit les arbres enflammés par l'automne. Rien n'a changé. C'était hier, il venait d'arriver, Geoffroy l'avait conduit jusqu'au collège, il lui avait serré la main, et il était reparti. Alors il y avait deux vies. Celle qu'il commençait à vivre dans le collège, dans la salle froide du dortoir, dans les classes, avec les autres garçons, et la voix nasillarde de M. Spinck qui récitait les vers d'Horace, *o lente lente currite noctis equi.* Et il y avait ce qu'il voyait quand il fermait les yeux, dans la pénombre, glissant sur la rivière Omerun, ou bien se balançant dans le hamac de sisal, en écoutant le bruit des orages.

Il faut oublier. A Bath, personne ne sait rien d'Onitsha, ni du fleuve. Personne ne veut rien savoir des noms qui avaient tellement d'importance là-bas. Quand il était arrivé au collège, Fintan parlait pidgin, par mégarde. Il disait, *He don go nawnaw, he tok say,* il disait *Di book bilong mi.* Ça faisait rire et le surveillant général avait cru qu'il le faisait exprès, pour semer le désordre. Il l'avait condamné à rester debout devant un mur pendant deux heures, les bras écartés. Il fallait oublier cela aussi, ces mots qui sautaient, qui dansaient dans la bouche.

Il fallait oublier Bony. Au collège, les garçons étaient à la fois plus puérils, et ils savaient beaucoup, ils étaient pleins de ruse et de méfiance, ils semblaient plus vieux que leur âge. Ils avaient des visages ingrats, ils étaient pâles. Ils parlaient à voix basse dans le dortoir, ils disaient des choses sur le sexe des femmes, comme s'ils n'en avaient jamais vu. Fintan se souvient comme il les regardait au début, avec un mélange de curiosité et de crainte. Il ne pouvait pas lire dans leur regard, il ne comprenait pas ce qu'ils voulaient. Il était comme un sourd-muet qui guette, toujours sur ses gardes.

C'était il y a longtemps. Maintenant, c'est lui qui est du côté des maîtres, répétiteur de français et de latin, pour vivre. Jenny est infirmière à l'hôpital de Bristol. Tout le monde dit qu'ils vont se marier. Peut-être cet hiver, à Noël. Ils iront du côté de Penzance, ou à Tintagel, pour voir la mer. Quand la guerre a commencé, là-bas, au Biafra, Fintan voulait partir, tout de suite, essayer de comprendre. C'est pour Jenny qu'il n'est pas parti. De toute façon, est-ce qu'il pouvait faire quelque chose ? Le monde qu'il a connu s'est fermé, il est déjà trop tard. Pour les compagnies de pétrole, pour la Gulf Oil, pour la British Petroleum, les mercenaires se sont engagés, ils vont à Calabar, à Bonny, à Enugu, à Aba. Il aurait fallu ne jamais s'en aller, rester à Onitsha, à Omerun. Ne jamais quitter des yeux l'arbre solitaire au-dessus de la plaine d'herbes, là où son ami l'attendait, là où commençait l'aventure.

Fintan s'est habitué. Maintenant, il se souvient bien de ceux qu'il fallait éviter, de ceux qui pouvaient être dangereux. Parmi les premiers, il y avait James, Harrison, Watts, Robin. James était leur chef. Ils frappaient à deux, Harrison qui ceinturait, James qui cognait à coups de poing. Dans le deuxième groupe, il y avait Somerville, Albert Trillo, Love, Le Grice. Le Grice était un garçon un peu gros, tranquille. Il se destinait à la magistrature, comme son père. A quinze ans, il avait l'aspect d'un homme, avec un complet, un châle, ses cheveux déjà rares, une petite moustache.

Love était différent. C'était un garçon mince et pâle, voûté, aux grands yeux cernés de bistre, un air de langueur attristée. Les autres se moquaient de lui, le traitaient comme une fille. Quand il était arrivé au collège pour la première fois, Fintan avait ressenti pour lui une sorte de sympathie mêlée de pitié. Love

269

parlait d'autres choses que du sexe des femmes. Il écrivait de la poésie. Il l'avait montrée à Fintan, des vers compliqués où il était question d'amour et de remords. Il y avait un poème, Fintan s'en souvient, intitulé « One thousand years ». Cela parlait d'une âme qui rôdait dans les marais. Fintan avait pensé à Oya, à sa cachette sur le fleuve, dans l'épave. Mais de cela non plus, il ne pouvait parler à personne.

Maintenant, Oya est une vieille femme, sans doute. Et l'enfant né sur le fleuve est peut-être parmi ces adolescents au crâne rasé, armés seulement de bâtons en guise de fusils, que John Birch a vus à Okigwi lors de sa mission pour le *Save the Children Fund*. Fintan scrute les photographies, comme s'il allait pouvoir reconnaître le visage de Bony parmi les soldats de Benjamin Adekunle, le « Scorpion noir », ceux qui affrontent les Mig 17 et les Ilyouchine 18, et les canons de 105 mm dans la savane autour d'Aba. Quand la guerre a commencé là-bas, si loin, c'est pour lui que Fintan a voulu partir, pour retrouver Okeke, pour l'aider et le protéger, lui qui a vu naître le fils d'Oya dans le ventre du *George Shotton*, lui qui a été comme son frère. Où est-il, à présent ? Peut-être qu'il est couché dans les herbes, un trou au côté, sur la route d'Aba, là où les milliers d'enfants affamés attendent, leur visage figé par la souffrance, pareils à de minuscules vieillards. Quand Jenny regarde les photos dans les magazines, elle se met à pleurer. C'est lui, Fintan, qui doit la consoler, comme s'il pouvait oublier.

Maintenant, il ne sait pourquoi, c'est le souvenir de Love qui revient. Ses yeux très doux, lumineux, sa voix tremblante quand il lisait ses poèmes. C'était la dernière année du collège. Love était devenu difficile à supporter. Il attendait Fintan à la sortie des cours, il se réfugiait auprès de lui. Il avait des mots enveloppants, il était exigeant, ombrageux. Il lui écrivait des lettres.

Un jour Fintan avait fait cette chose impardonnable. Il s'était joint au groupe qui brutalisait Love, qui lui donnait des soufflets pour le faire pleurer. Il avait repoussé le garçon qui s'accrochait à ses basques, il avait vu le regard très tendre se mouiller de larmes, et il s'était détourné. Après cela, chaque fois que Love s'approchait pour lui parler, il avait répondu avec brutalité, comme autrefois Bony sur la route, après la mort de son frère aîné : « Pissop gughe, fool ! » Love avait quitté le collège avant la fin de l'année. Sa mère était venue le chercher. C'était la première fois que Fintan la voyait. C'était une jeune femme très pâle et très belle, avec de beaux cheveux sombres, et les mêmes yeux que Love, doux et brillants comme le velours. Elle avait regardé Fintan, et il avait ressenti de la honte. Love avait présenté Fintan à sa mère, il avait dit : « C'était mon seul ami ici. » C'était terrible. Il fallait être dur, ne jamais oublier ce qui s'était passé. La mémoire du fleuve et du ciel, les châteaux des termites explosant au soleil, la grande plaine d'herbes et les ravins pareils à des blessures sanglantes, cela servait à ne pas succomber aux pièges, à rester brillant et dur, insensible, dans le genre des pierres noires de la savane, dans le genre des visages marqués des Umundri.

« A quoi tu penses ? » demande parfois Jenny. Son

corps est doux et chaud, il y a le parfum de ses cheveux, près du cou. Mais Fintan ne peut pas oublier le regard des enfants affamés, ni les jeunes garçons couchés dans les herbes, du côté d'Owerri, du côté d'Omerun, là où il courait autrefois, pieds nus sur la terre durcie. Il ne peut pas oublier l'explosion qui a détruit en un instant la colonne de camions qui apportait des armes vers Onitsha, le 25 mars 1968. Il ne peut pas oublier cette femme calcinée dans une jeep, sa main crispée vers le ciel blanc. Il ne peut pas oublier les noms des pipe-lines, Ugheli Field, Nun River, Ignita, Apara, Afam, Korokovo. Il ne peut pas oublier ce nom terrible : *Kwashiorkor*.

Il fallait être dur, quand Carpet, le Major de la classe, vous poussait par les épaules contre le mur du préau, et vous disait d'ôter votre pantalon pour recevoir les coups de canne. Fintan fermait les yeux, il pensait à la colonne des forçats qui traversait la ville, au bruit de la chaîne attachée à leurs chevilles. Fintan ne pleurait pas, même sous les coups de canne du Major. Seulement la nuit, dans le dortoir, en se mordant la lèvre pour que cela ne s'entende pas. Mais ce n'était pas à cause des coups de canne. C'était à cause du fleuve Niger. Fintan l'entendait couler au fond de la cour du collège, un bruit lent, profond et doux, et aussi le bruit étouffé des orages qui roulaient sous les nuages, qui se rapprochaient. Au début, quand il venait d'arriver au collège, Fintan s'endormait en pensant au fleuve, il rêvait qu'il glissait sur la longue pirogue, Oya était accroupie à l'avant, la tête tournée du côté des îles. Il se réveillait le cœur battant, les draps du lit imprégnés d'un liquide chaud. C'était la honte, il devait aller laver lui-même les draps au lavoir, sous les quolibets des autres pensionnaires. Mais il n'avait jamais été battu à cause de cela.

Alors il fallait refréner les rêves, les faire rentrer à l'intérieur du corps, ne plus écouter le chant du fleuve, ne plus imaginer les grondements des orages. A Bath, en hiver, il ne pleut pas. Il neige. Même maintenant, Fintan a peur du froid. Dans la petite chambre sous les toits, dans la banlieue de Bristol, l'eau gèle dans les carafes. Jenny se serre contre lui pour lui donner sa chaleur. Ses seins sont doux, son ventre, sa voix murmure son prénom dans son sommeil. Il n'y a rien de plus vrai et de plus beau au monde, sans doute.

Pour aller donner les cours au collège, Fintan a acheté une vieille moto. Il fait si froid sur la route qu'il faut mettre des journaux sous ses vêtements. Mais Fintan aime sentir la morsure du vent. C'est comme un couteau qui tranche les souvenirs. On devient nu comme les arbres de l'hiver.

Fintan se rappelle quand Maou est partie, l'automne 1958. Elle était tombée malade à Londres, et Geoffroy l'avait emmenée avec Marima, vers le sud. Marima avait dix ans, elle ressemblait beaucoup à Maou, elle avait la même couleur de cheveux mêlée de cuivre, le même front entêté, les mêmes yeux qui réfléchissaient la lumière. Fintan était très amoureux d'elle. Il lui écrivait presque tous les jours, et une fois par semaine il envoyait les lettres dans une seule

273

grande enveloppe. Il lui racontait tout, sa vie, son ami Le Grice, les mauvais tours qu'ils jouaient à M. Spinck, le Major Carpet qui jouait au petit chef, il faisait des projets pour s'échapper, pour la rejoindre dans le Midi.

Geoffroy n'a jamais voulu retourner à Nice, à cause du souvenir de la grand-mère Aurelia. Il n'avait jamais eu de famille, il n'a jamais voulu en avoir. Peut-être que c'est à cause de la tante Rosa qu'il détestait. Après la mort d'Aurelia, la vieille fille était repartie pour l'Italie, on ne savait où, du côté de Florence, à Fiesole peut-être. Geoffroy a acheté une vieille maison près d'Opio. Maou s'est lancée dans un élevage de poulets. Geoffroy a trouvé du travail dans une banque anglaise, à Cannes. Il voulait que Fintan reste en Angleterre jusqu'à la fin de ses études, pensionnaire à Bath. Marima, elle, est entrée dans une école religieuse de Cannes. La séparation était définitive. Quand il a eu fini à Bath, Fintan est allé à l'université de Bristol pour étudier le droit. Pour gagner sa vie, il a accepté ce poste de répétiteur de français-latin au collège de Bath, où les professeurs ont curieusement gardé un bon souvenir de son passage.

Maintenant, tout est différent. La guerre efface les souvenirs, elle dévore les plaines d'herbes, les ravins, les maisons des villages, et même les noms qu'il a connus. Peut-être qu'il ne restera rien d'Onitsha. Ce sera comme si tout cela n'avait existé que dans les rêves, semblable au radeau qui emportait le peuple d'Arsinoë vers la nouvelle Meroë, sur le fleuve éternel.

Hiver 1968

Marima, que puis-je te dire de plus, pour te dire comment c'était là-bas, à Onitsha ? Maintenant, il ne reste plus rien de ce que j'ai connu. A la fin de l'été, les troupes fédérales sont entrées dans Onitsha, après un bref bombardement au mortier qui a fait s'écrouler les dernières maisons encore debout au bord du fleuve. Depuis Asaba, les soldats ont traversé le fleuve sur des barges, ils sont passés devant les ruines du pont français, devant les îles noyées par la crue. C'est là qu'était né Okeke, le fils d'Oya et d'Okawho, il y a vingt ans déjà. Les barges ont accosté sur l'autre rive, là où se trouvait l'embarcadère des pêcheurs, à côté des ruines du Wharf et des hangars éventrés de la United Africa. Onitsha était désertée, les maisons brûlaient. Il y avait des chiens faméliques et, sur les hauteurs, des femmes, des enfants à l'air égaré. Au loin, dans les plaines d'herbes, le long des sentiers boueux, les colonnes de réfugiés marchaient vers l'est, vers Awka, vers Owerri, vers Aro Chuku. Peut-être qu'ils passaient sans les voir devant les châteaux magiques des termites, qui sont les maîtres des sauterelles. Peut-être que le bruit de leurs pas et de leurs voix réveillait le grand serpent vert caché dans les herbes, mais personne ne songeait à lui parler. Marima, que reste-t-il maintenant d'Ibusun, la maison où tu es née, les grands arbres où se perchaient les vautours, les limettiers cousus par les fourmis, et au bout de la plaine, sur le chemin d'Omerun, le manguier sous lequel Bony s'asseyait pour m'attendre ?

Que reste-t-il de la maison de Sabine Rodes, de la grande salle aux volets fermés, aux murs tapissés de masques, où il s'enfermait pour oublier le monde ? Dans le dortoir du collège, j'ai rêvé que c'était lui, Sabine Rodes, mon vrai père, que c'était pour lui que Maou était venue en Afrique, pour cela qu'elle le haïssait si fort. Je le lui ai même dit, un jour, quand j'ai su qu'elle allait en France avec toi et Geoffroy, je le lui ai dit avec méchanceté, comme si tout s'expliquait par cette folie, et je savais qu'après, pour elle et pour moi, plus rien ne serait comme avant. Je ne me souviens plus de ce qu'elle a dit, peut-être qu'elle s'est contentée de rire en haussant les épaules. Maou est partie avec toi et Geoffroy, pour le sud de la France, et j'ai compris que je ne reverrais jamais le fleuve ni les îles, ni rien de ce que j'avais connu à Onitsha.

Marima, je voudrais tant que tu ressentes ce que je ressens. Est-ce que pour toi, l'Afrique c'est seulement un nom, une terre comme une autre, un continent dont on parle dans les journaux et dans les livres, un endroit dont on dit le nom parce qu'il y a la guerre ? A Nice, dans ta chambre de la Cité universitaire avec son nom d'anges, tu es séparée, il n'y a rien qui retienne le fil. Quand la guerre civile a commencé là-bas, il y a un an, et qu'on a commencé à parler du Biafra, tu ne savais même pas très bien où c'était, tu n'arrivais pas à comprendre que c'était le pays où tu es née.

Pourtant, tu as dû ressentir un frisson, un tressaillement, comme si quelque chose de très ancien et de très secret se brisait en toi. Peut-être que tu t'es souvenue de ce que je t'avais écrit un jour, pour ton anniversaire, dans une lettre que je t'avais envoyée d'Angleterre, que là-bas, à Onitsha, on appartient à la terre sur laquelle on a été conçu, et non pas à celle sur laquelle on voit le jour. Dans ta chambre de la Cité universitaire, d'où on voit très bien la mer, tu as regardé le ciel orageux, et tu as peut-être pensé que c'était la même pluie qui tombait sur les ruines d'Onitsha.

J'aurais voulu te dire plus, Marima. J'aurais voulu partir là-bas, comme Jacques Languillaume qui est mort aux commandes du Superconstellation, en essayant de franchir le blocus pour apporter des médicaments et des vivres aux insurgés, être là-bas comme le père James à Ututu, si près d'Aro Chuku. J'aurais voulu être dans Aba encerclée, non pas comme un témoin, mais pour prendre la main de ceux qui tombent, pour donner à boire à ceux qui meurent. Je suis resté ici, loin d'Onitsha. Peut-être que je n'ai pas eu le courage, peut-être que je n'ai pas su agir, que de toute façon c'était trop tard. Depuis un an, je n'ai pas cessé d'y penser, je n'ai pas cessé de rêver à tout ce qui était

278

arraché et détruit. Les journaux, les nouvelles de la BBC sont laconiques. Les bombes, les villages rasés, les enfants qui meurent de faim sur les champs de bataille, cela ne fait que quelques lignes. A Umahia, à Okigwi, à Ikot Ekpene, les photos des enfants foudroyés par la faim, leurs visages enflés, leurs yeux agrandis. La mort a un nom sonore et terrifiant, *Kwashiorkor*. C'est le nom que les médecins lui ont donné. Avant de mourir, les cheveux des enfants changent de couleur, leur peau desséchée casse comme du parchemin. Pour la mainmise sur quelques puits de pétrole, les portes du monde se sont fermées sur eux, les portes des fleuves, les îles de la mer, les rivages. Il ne reste que la forêt vide et silencieuse.

Je n'ai rien oublié, Marima. Maintenant, si loin, je sens l'odeur du poisson frit au bord du fleuve, l'odeur de l'igname et du foufou. Je ferme les yeux et j'ai dans la bouche le goût très doux de la soupe d'arachides. Je sens l'odeur lente des fumées qui montent le soir au-dessus de la plaine d'herbes, j'entends les cris des enfants. Est-ce que tout cela doit disparaître à jamais ?

Pas un instant je n'ai cessé de voir

Ibusun, la plaine d'herbes, les toits de tôle chauffés au soleil, le fleuve avec les îles, Jersey, Brokkedon. Même ce que j'avais oublié est revenu au moment de la destruction, comme ce train d'images qu'on dit que les noyés entrevoient au moment de sombrer. C'est à toi, Marima, que je le donne, à toi qui n'en as rien su, à toi qui es née sur cette terre rouge où le sang coule maintenant, et que je sais que je ne reverrai plus.

Printemps 1969

Le train roule dans la nuit froide vers le sud. Fintan a l'impression étrange d'être en vacances, comme s'il venait du cœur de l'hiver, et qu'à l'arrivée l'aube serait chaude et humide, pleine du bruit des insectes et des odeurs de la terre. Pour le dernier trajet à moto entre Bath et Bristol, la route était obstruée par des congères. Dans le parc du collège, les arbres nus étaient raidis par le gel. Il faisait si froid que, malgré les journaux pliés sous ses vêtements, Fintan avait le sentiment que le vent forait un trou à travers sa poitrine. Mais le ciel était bleu. La nature était très belle, très pure et très belle.

Tout s'était décidé si vite. Fintan avait téléphoné, il avait dit à Maou machinalement, comme chaque fois : « Alors ça va ? » Maou avait une voix bizarre, étouffée. Elle qui ne voulait jamais rien dramatiser, surtout à propos de la maladie de Geoffroy, elle avait répondu : « Non, ça ne va pas du tout. Il est si faible, il ne mange plus, il ne boit plus. Il va mourir. »

Fintan avait donné sa démission au directeur du collège. Il ne savait pas quand il reviendrait. Jenny l'avait accompagné à la gare. Elle se tenait bien droite sur le quai, elle avait des joues rouges, des yeux bleus, elle avait vraiment l'air d'une bonne fille. Fintan était ému, il pensait qu'il ne la reverrait peut-être jamais. Le train avait démarré, elle avait embrassé Fintan très fort sur les lèvres.

Dans la nuit, chaque coup des bogies sur les aiguillages le rapproche d'Opio. C'est le train qu'il a pris chaque été, vers le sud, pour retrouver Marima et Maou, pour revoir Geoffroy. Mesurer sur leurs visages le temps écoulé. Maintenant, tout est différent. C'est comme une lumière qui s'efface. Geoffroy va mourir.

Fintan pense à la route étroite qui monte depuis Valbonne, dans la lumière claire du matin. La maison est en équilibre au bout d'un vallon, en haut des restanques. En bas du terrain, il y a le poulailler qui tombe en ruine. Quand Maou est arrivée, elle a installé des batteries de poules et de poulets, elle en a eu plus de cent. Depuis que Geoffroy est tombé malade, elle a renoncé à l'élevage, il ne lui reste plus qu'une dizaine de poules. Certaines sont vieilles et stériles. Juste de quoi vendre quelques œufs aux voisins. Il y a aussi cette vieille poule noire aux plumes ébouriffées qui suit Maou partout comme un chien, et qui saute sur son épaule et cherche à becqueter sa dent en or.

Maou est toujours belle. Ses cheveux sont gris, le soleil et le vent ont creusé les rides autour de ses yeux, de chaque côté de sa bouche. Elle a des mains endurcies. Elle dit qu'elle est devenue ce qu'elle a toujours voulu être, une paysanne italienne. Une femme de Santa Anna.

Elle n'écrit plus l'après-midi dans ses cahiers d'écolière les longs poèmes qui ressemblent à des lettres. Quand Geoffroy et elle sont partis pour le sud de la France avec Marima, il y a plus de quinze ans, Maou a donné tous ses cahiers à Fintan, dans une grande enveloppe. Sur l'enveloppe elle avait écrit les *ninnenanne* que Fintan aimait bien, celle de la Befana et de l'Uomo nero, celle du pont de la Stura. Fintan avait lu tous les cahiers l'un après l'autre, pendant une année. Après tant de temps, il sait encore des pages par cœur.

C'est dans un de ces cahiers que Fintan a appris le secret de la naissance de Marima, comment la mante religieuse l'avait annoncée, et qu'elle appartenait au fleuve au bord duquel elle avait été conçue. En cherchant bien dans sa mémoire, il avait même retrouvé le jour où cela s'était passé, pendant les pluies.

Dans la chambre aux volets fermés contre la lumière de l'après-midi, Geoffroy est étendu sur le lit. Son visage est pâle, déjà creusé par la mort qui approche. Il y a longtemps que la sclérose a envahi son corps, et qu'il ne peut plus bouger. Il n'entend pas les bruits du dehors, le bruit du vent dans les ronces, le bruit de la terre sèche qui frappe aux volets. Une bâche en plastique, quelque part, qui bat comme une aile.

Il est revenu de l'hôpital, parce qu'il n'y a plus d'espoir. La vie ralentit, malgré le goutte-à-goutte qui verse le sérum dans sa veine. La vie est une eau qui s'enfuit. C'est Maou qui a voulu qu'il revienne. Elle espère encore, contre toute raison. Elle regarde le visage aux traits affinés, l'ombre qui pèse sur les paupières. Le souffle est si léger qu'un rien peut l'effacer.

Le matin, l'infirmière vient pour l'aider à laver Geoffroy, pour changer les alèses. Elle baigne les plaies et les escarres avec une solution au borax. Les yeux restent fermés, les paupières serrées. Parfois, une larme furtive se forme à l'angle interne de l'œil, reste accrochée aux cils, brille à la lumière. Les yeux bougent derrière les paupières, quelque chose glisse sur le visage, une onde, un nuage. Chaque jour Maou parle à Geoffroy. Depuis le temps, elle ne sait plus très bien ce qu'elle raconte. Elle ne dit rien d'important, elle parle, c'est tout. L'après-midi, c'est Marima qui vient. Elle s'assoit sur la chaise cannée, à côté du lit, et elle parle aussi à Geoffroy. Sa voix est si fraîche, si jeune. Peut-être que Geoffroy l'entend, là-bas, si loin, là où son esprit glisse et se détache de son corps. C'est comme autrefois à San Remo, quand il écoutait la voix de Maou, la musique de son bonheur évanoui. « I am so fond of you, Marilu... »

C'est plus loin encore, il y a longtemps, comme dans un autre monde. La ville nouvelle, sur les îles, au milieu du fleuve d'ambre. Comme dans un rêve. Geoffroy glisse sur l'eau, porté par le radeau de roseaux. Il voit les rivages couverts de forêts sombres, et tout à coup, au bord de la plage, les maisons de pisé, les temples. C'est ici, sur la rive du grand fleuve, que s'est arrêtée Arsinoë. Le peuple a défriché la forêt, a ouvert les chemins. Les pirogues vont lentement entre les îles, les pêcheurs jettent les filets dans les roseaux. Il y a des oiseaux qui s'envolent dans le ciel pâle de l'aube, des grues, des aigrettes, des canards. Le disque d'or du soleil apparaît tout d'un coup, il éclaire les temples, il éclaire la stèle de basalte sur laquelle est inscrit le signe d'Osiris, l'œil et l'aile du faucon. C'est le signe *itsi,* Geoffroy le reconnaît, il est gravé sur le visage d'Oya, le soleil et la lune sur le front, les plumes des ailes et de la queue du faucon sur les joues. Le signe l'éblouit comme une prunelle dardée jusqu'au fond de son corps. La stèle est debout face au soleil levant, sur l'îlot Brokkedon. Geoffroy sent la lumière qui entre en lui, qui le brûle au plus profond. C'est cela la vérité, seul le poids de son corps l'empêchait de la voir. Brokkedon, avec l'épave du *George Shotton* pareille à un ossement antédiluvien. La lumière est très belle et éblouissante comme le bonheur. Geoffroy regarde la stèle qui porte le signe magique, il voit le visage d'Oya, et tout devient évident, lisible jusqu'à la fin des temps. La nouvelle Meroë s'étend sur les deux rives du fleuve, devant l'île, à Onitsha et Asaba, à l'endroit même où il a attendu pendant toutes ces années, sur le Wharf, sur le plancher usé des bureaux de la United Africa, dans l'ombre étouffante des hangars. C'est ici que la reine noire a conduit son peuple, sur les rives boueuses où les bateaux viennent décharger les caisses de marchandises. C'est ici qu'elle a fait ériger la stèle du soleil, le signe sacré des Umundri. C'est ici qu'Oya est revenue, pour mettre au monde son enfant. La lumière de la vérité est si forte qu'elle éclaire un instant le visage de Geoffroy, elle passe sur son front et sur ses joues, pareille à un reflet joyeux, et tout son corps se met à trembler.

« Geoffroy, Geoffroy qu'est-ce qui t'arrive ? » Maou est penchée sur lui, elle le regarde. Le visage de Geoffroy exprime une telle joie, un éclair. Elle se lève de la chaise, elle s'agenouille près du lit. Dehors, la nuit est en train de tomber sur les collines, la lumière est grise et douce, couleur du feuillage des oliviers. On entend les jacassements des pies, les cris angoissés des merles. Les crissements des insectes s'enflent dans l'herbe qui fermente. On entend les premiers appels des crapauds dans la grande citerne, en contrebas. Maou ne peut s'empêcher de penser à la nuit, là-bas, autrefois, à Onitsha, à l'inquiétude et à la jubilation de la nuit, un frisson sur sa peau. Chaque soir, depuis qu'ils sont revenus dans le Sud, c'est le même frisson qui l'unit à ce qui a disparu.

Dans la chambre voisine, Marima dort sur le lit, tout habillée sur le couvre-lit blanc, le bras replié sur son visage. Elle est fatiguée d'avoir veillé son père, la nuit passée. Elle rêve que Julien, celui que Maou appelle en se moquant son « fiancé », l'emmène sur sa moto le long des routes ombreuses, jusqu'au bord de la mer. Marima est encore si jeune, Maou ne voulait pas qu'elle reste, qu'elle assiste à tout cela. C'est elle qui veut faire à manger, aider pour la toilette, laver les alèses et le linge. Elle parle toujours de Fintan, qui doit arriver d'un instant à l'autre, comme si tout allait changer quand il serait là. Maou pense : « Est-ce qu'on met les enfants au monde pour qu'ils vous ferment les yeux ? »

Dans la chambre, Maou s'est relevée. Elle n'ose plus parler. Elle guette le visage de Geoffroy, les yeux dont les paupières fines tremblent comme si elles allaient enfin s'ouvrir. Un instant encore, la chaleur et la lumière passent, de l'autre côté des paupières, comme un reflet sur l'eau.

La lumière du soleil brille sur les murs et les remparts de la ville, sur les temples des îles, sur la pierre noire qui porte le signe magique. C'est loin, c'est fort et étrange, au cœur du rêve de Geoffroy Allen. Puis la lumière décroît. L'ombre entre dans la petite chambre, recouvre le visage de l'homme qui va mourir, scelle pour toujours ses paupières. Le sable du désert a recouvert les ossements du peuple d'Arsinoë. La route de Meroë n'a pas de fin.

Un peu avant la nuit, Fintan est arrivé. Tout est si calme dans la vieille maison perchée en haut de la colline, avec juste le bruit du vent dans les ronces et la chaleur du soleil qui sort encore des murs. C'est si loin de tout, si hors du temps. Devant la porte, dans la lumière de l'ampoule électrique, la vieille poule ébouriffée chasse les papillons avec des gestes d'insomniaque.

Maou a embrassé Fintan. Elle n'a pas besoin de

dire, il comprend ce qui est arrivé en regardant son visage défait. Il entre dans la chambre de Geoffroy, et il sent quelque chose qui bouge dans son cœur, comme il y a longtemps, avant qu'ils ne partent d'Onitsha. Le visage de Geoffroy est très blanc, très froid, avec une expression de douceur et de paix que Fintan n'a encore jamais vue. Il n'y a plus de souffle. C'est une nuit comme les autres, belle et calme. On sent déjà le printemps. Dehors, les insectes crissent avec folie, les crapauds ont recommencé leur chant dans la citerne.

Dans la chambre voisine, allongée sur le lit étroit, Marima dort profondément, la tête de côté, ses cheveux bruns ont glissé sur son épaule. Elle est belle.

Fintan s'assoit par terre, à côté de Maou, dans la chambre pleine d'ombre. Ensemble ils écoutent les cris des insectes qui résonnent joyeusement.

Tout est fini. A Umahia, à Aba, à Owerri, les enfants affamés n'ont plus la force de tenir des armes. De toute façon, ils n'avaient plus que des bâtons et des pierres contre les avions et contre les canons. À Nun River, à Ugheli Field, les techniciens ont réparé les pipe-lines, et les navires vont pouvoir remplir leurs réservoirs dans l'île de Bonny. Le monde entier détourne son regard. Seul l'oracle d'Aro Chuku, par un accord mystérieux, n'a pas été détruit par les bombes.

Quelques semaines avant de décider de quitter définitivement le collège, et de retourner dans le Sud,

Fintan a reçu une lettre d'un cabinet de notaires de Londres. Juste quelques mots pour dire que Sabine Rodes avait trouvé la mort au cours du bombardement d'Onitsha, à la fin de l'été 1968. C'est lui qui avait laissé des instructions afin que Fintan soit prévenu de sa mort. La lettre précisait que, de son vrai nom, il s'appelait Roderick Matthews, et qu'il était officier de l'Ordre de l'Empire Britannique.

DU MÊME AUTEUR

LE POISSON D'OR (Folio n° 3192)

LA FÊTE CHANTÉE

HASARD *suivi de* ANGOLI MALA (Folio n° 3460)

CŒUR BRÛLE ET AUTRES ROMANCES (Folio n° 3667)

PEUPLE DU CIEL *suivi de* LES BERGERS, *nouvelles extraites de* MONDO ET AUTRES HISTOIRES (Folio n° 3792)

RÉVOLUTIONS (Folio n° 4095)

OURANIA

Aux Éditions Gallimard Jeunesse

LULLABY. *Illustrations de Georges Lemoine* (Folio Junior n° 140)

CELUI QUI N'AVAIT JAMAIS VU LA MER *suivi de* LA MONTAGNE OU LE DIEU VIVANT. *Illustrations de Georges Lemoine* (Folio Junior n° 232)

VILLA AURORE *suivi de* ORLAMONDE. *Illustrations de Georges Lemoine* (Folio Junior n° 302)

LA GRANDE VIE *suivi de* PEUPLE DU CIEL. *Illustrations de Georges Lemoine* (Folio Junior n° 554)

PAWANA. *Illustrations de Georges Lemoine* (Folio Junior n° 1001)

VOYAGE AU PAYS DES ARBRES. *Illustrations d'Henri Galeron* (Enfantimages et Folio Cadet n° 187)

BALAABILOU. *Illustrations de Georges Lemoine (Albums)*

PEUPLE DU CIEL. *Illustrations de Georges Lemoine (Albums)*

Aux Éditions Mercure de France

LE JOUR OÙ BEAUMONT FIT CONNAISSANCE AVEC SA DOULEUR

L'AFRICAIN (Folio n° 4250)

Aux Éditions Stock

DIEGO ET FRIDA (Folio n° 2746)

GENS DES NUAGES, en collaboration avec Jemia Le Clézio.
  Photographies de Bruno Barbey (Folio n° 3284)

  Aux Éditions Skira

HAÏ

  Aux Éditions Arléa

AILLEURS. Entretiens avec Jean-Louis Ezine sur France-Culture

  Aux Éditions du Seuil

RAGA, APPROCHE DU CONTINENT INVISIBLE

COLLECTION FOLIO

Dernières parutions

Impression Maury-Eurolivres
45300 Manchecourt
le 4 janvier 2007.
Dépôt légal : janvier 2007.
1er dépôt légal dans la collection : avril 1993.
Numéro d'imprimeur : 126839.
ISBN 978-2-07-038726-7. | Imprimé en France.

149059